KB102567

오늘도 고바야시 서점에 갑니다

오늘도 고바야시 서점에 갑니다

가와카미 데쓰야 지음
송지현 옮김

小林書店

현익출판

차례

일러두기

— 이 이야기는 일본 아마가사키에 있는 고바야시 서점의 실제 이야기와 픽션을 결합한 소설입니다. 고바야시 씨와 남편인 마사히로 씨 이외의 등장인물 및 회사는 실재하는 인물, 회사, 단체 등과 무관합니다.

— 단행본은 『』, 단편은 「」, 정기 간행물은 ◇, 영상 매체는 〈〉로 표기하였습니다. 소설에서 책들은 『벚꽃색 무슨색』을 제외하고 모두 실제 출간된 작품입니다. 국내 미출간 서적은 일어를 병기하였습니다.

— 주석은 모두 번역자 주입니다.

1

고바야시 서점에 갑시다

경쾌한 멜로디가 울려 퍼지자 열차 안의 공기가 바뀌었다. 성급한 승객은 벌써 몸을 일으키고 선반에서 짐을 내리기 시작했다. 나는 이제 막 다 읽은 책을 덮었다. 멜로디가 끝나자 괜히 긴장감을 조성하는 침묵이 지나간 후 아름다운 여성의 음성이 흘러나왔다.

"곧 종점, 신오사카입니다."

3년 만에 찾은 오사카. 가슴이 뛰었다. 그 사람을 만날 수 있기 때문이다. 오늘 나는 어떤 보고를 하기 위해 유미코 씨를 찾아간다. 신입사원이었던 5년 전이 떠올랐다. 그때 역시 같은 안내 방송을 들었을 것이다. 하지만 기분은 지금과 정반대였다. 그때는 오사카로 팔려 가는 송아지 같은 심정이었다.

정말 부끄러울 정도로 미숙했던 내가 오사카에서 잘 버틸 수 있었던 것은 모두 유미코 씨 덕분이었다. 나는 아마가사키시 다치바나 상점가에 있는 유미코 씨의 아주 작은 책방 '고바야시 서점'에서 일에서 중요한 모든 것을 배웠다.

지금부터 5년 전, 나는 대형 '출판유통회사'인 다이한에 입사했다. 특별히 출판업계에 흥미를 느꼈던 것은 아니었다. 무엇보다 그때까지 나는 책이나 독서를 그다지 좋아하지 않았다. 이 회사에 입사하기로 마음먹은 결정적인 이유는 합격했던 다른 회사보다 규모가 크다는 점이었다. 꼭 어떤 일을 하고 싶다는 확고한 신념도, 큰 야망도 없던 나는 솔직히 말해 대기업이면 어디든 상관없었다. 물론 누구나 아는 지명도 높은 회사거나 모두가 부러워하는 기업이면 제일 좋았겠지만, 그런 회사가 굳이 날 뽑을 이유가 없다는 사실은 누구보다 내가 제일 잘 알고 있었다.

다이한은 원래 '다이닛폰슛판한바이'라는 이름의 회사였는데, 약칭이 십수 년 전에 정식 명칭이 되었다. 그룹 전체를 보면 직원이 3,000명 이상이고, 매출도 6,000억 엔이넘는다. 출판사나 서점에 비해 일반적인 지명도는 낮지만 출판업계에서는 경쟁사인 '데이한'과 함께 2대 출판유통업체로 불리며 압도적인 규모를 자랑하는 대기업이다.

솔직히 말하자면 취업 준비를 시작하기 전에는 이런 회사가 있는 줄도 몰랐고, 출판유통이라는 단어는 들어 본 적도 없었다. 다이한에 입사하기로 결정한 것은 오로지 부모님을 안심시켜 드리고 싶은 마음 때문이었다. 아버지는 일본을 대표하는 부품가공업체지만 인지도가 낮은 회사에서 근무하신다. 아는 사람은 많지 않아도 몇 만 명이나 되는 직원이 일하는 큰 회사라는 점을 부모님 모두 자랑스럽게 생각하셨다. 그런 부모님을 안심시켜 드리려면 어느 정도 규모가 있는 대기업에 들어가는 것이 무엇보다 중요했다.

나는 도쿄 세타가야구에서 태어나고 자랐다. 근처에 고마자와 공원이 있는 한적한 주택가에서 안락하게 살아오며, 집을 나가고 싶다는 마음은 태어나서 한 번도 가져 본

적 없었다. 일상적인 쇼핑이나 외식은 주변에 있는 지유가오카나 후타코타마가와에서 충분히 해결할 수 있었고, 가끔 시내인 시부야에 가면 혼잡한 인파에 피곤해질 뿐이었다. 여행도 별로 좋아하지 않았다. 일 년에 한 번 부모님과함께 하코네 온천에 다녀오는 것으로 충분했다.

중학교부터는 집과 같은 구에 있는 사립학교를 다녔다. 대학교까지 진학이 보장되는 곳이었다. 취업까지 보장되면좋을 거라고 생각하곤 했지만 역시 그런 일은 일어나지 않았다. 그런데 다시 생각해 보니 이렇게 헐렁하게 취업 준비를 해 놓고 용케 입사했구나 싶다.

4월. 입사하자마자 2박 3일의 신입 오리엔테이션이 있었다. 2박 3일이라니 듣기만 해도 위가 쓰렸다. 나는 친구와가는 여행조차 좋아하지 않는다.

엄마가 챙겨 준 위장약을 가방에 넣고 스이도바시에 있는 다이한 도쿄 본사 앞으로 향했다. 그 앞에는 대형버스한 대가 서 있었다. 신입사원 50명을 싣고 근교의 연수 시설로 향할 버스였다.

버스에 타니 곧장 자기소개가 시작되었다. 이름순이라

금방 내 차례에 가까워지고 있었다.

'무슨 말을 해야 좋을까.'

생각나지 않았다. 취미라도 말하면 좋겠지만 이렇다 할 것이 없었다. 다른 사람의 소개를 멍하게 들으며 나 자신에 대해 생각하고 있는 사이 내 차례가 왔다.

"오모리 리카입니다. 세타가야 여대 사회학부를 졸업했습니다. 취미는 역시 독서입니다."

입을 열자마자 거짓말을 했다.

아무래도 출판업계니까 이렇게 말해 두는 편이 좋을 것 같다는 생각이 들었다. 내 앞의 세 명이 그렇게 말한 탓도 있었다. 옛날부터 동조 압력에 엄청나게 약했다.

"좋아하는 작가를 찾는 중이니까 추천하고 싶은 작가가 있으면 알려 주세요."

거짓말 2회.

생각해 보니 취미가 독서라면 벌써 좋아하는 작가가 몇 명 있어야 말이 된다. 지금부터 찾겠다니 이상한 소리지만 뭐, 됐다.

"제 소개는 이상입니다. 잘 부탁드립니다."

이렇게 다짜고짜 끝맺었다. 이윽고 버스가 연수 시설에

도착했다.

　도착하자마자 신입 오리엔테이션이 시작되었다. 50명의 신입사원들이 10개의 그룹으로 나뉘어 다양한 강의와 워크숍에 참가했다. 나는 D그룹 소속이 되었다. D그룹에서 여자는 나를 포함해서 두 명. 또 한 명의 여성 사원은 미요카와 히메노라는 인상적인 이름의 소유자였다. 다소 진한 화장. 한눈에 명품인 것을 알 수 있는 가방과 시계. 전반적으로 수수한 이 회사 분위기와 어울리지 않는 느낌이었다. 그렇게 생각하고 있을 때 갑자기 얕보는 듯한 질문이 날아왔다.

　"오모리 씨는 왜 이 회사를 골랐어? 출판사에 가고 싶었지만 떨어졌다는 패턴인가?"

　"아, 저는 출판업계는 이 회사만 지원했어요. 금융업계 면접에서 다 떨어지는 바람에, 시험 볼 기회가 있던 곳이 여기뿐이라."

　"난 말이야, 내 사업을 시작하고 싶어. 출판업계는 기본적으로 한물간 콘텐츠지만, 유통업자가 책을 기점으로 한 소셜 비즈니스에 착수하면 아직 가능성은 남아 있다고 생각하지 않아?"

무슨 소리를 하는 것인지 알아들을 수 없었지만 일단 "그러게요."라고 하며 고개를 끄덕였다. 동기인데도 존댓말이 나왔다.

"오모리 씨는 어때?"

"저는 특별히 희망 사항은 없어요. 되도록 사람을 적게 만나는 일이 좋긴 한데."

"아하……. 그렇구나."

미요카와는 나를 좀 내려다본 듯 말했다. 마치 "그런 주제에 잘도 이 회사에 들어왔네."라는 말을 들은 것 같았다. 그때 같은 그룹인 고사카가 이야기에 끼어들었다. 눈썹이 짙고 가슴팍이 탄탄한 데다 말도 열심히 하는 사람이었다.

"난 희망 같은 건 굳이 없어도 괜찮다고 봐. 무엇보다 희망을 가지고 입사했다 한들 희망대로 소속이 정해지는 일은 거의 없거든."

'아…… 그렇구나, 소속이라는 건.' 그렇게 멍하니 생각하고 있었는데 미요카와는 누가 봐도 기분이 상한 표정을 지었다. 내가 넋을 놓는 바람에 미요카와와 고사카가 말다툼을 벌이는 일이 나중에도 자주 있었다. 정말 면목 없다.

어찌 되었든 나는 눈앞에 놓인 연수 과제를 처리하는 것만으로도 벅찼다. 내 소속이 어떻게 될지는 깊게 생각하지 않았다. 입사하자마자 들이닥친 2박 3일간의 신입 오리엔테이션은 앞으로 다가올 연수에 비하면 어린애 장난이었다. 다음에 기다리고 있는 것이 물류 센터와 반품 센터 연수였기 때문이다.

처음은 하치오지 물류 센터 연수였다. 이곳은 출판사에서 만들어진 책이 모이는 장소다. 롤러컨베이어에 실려 끊임없이 운반되어 오는 책을 작업대에서 받은 다음, 분류해서 전국의 서점에 유통시키는 것이 이곳의 일이다. 거의 기계화가 이루어졌지만 적절한 타이밍에 사람의 손이 필요했다. 보통 체크만 하면 끝나는 일인데도 눈을 뗄 겨를이 없었다. 계속 선 상태로 책을 감시해야 했다. 기약도 없이 서 있다 보면 점점 다리가 붓는다. 기계의 흐름을 끊을 수는 없으니까 언제 화장실에 가도 되는지조차 알 수 없었다. 휴식 시간이 되면 여성 신입사원끼리 모여서 불만과 앓는 소리를 터뜨렸다. 모든 이의 불만과 고충의 핵심을 정리하면 다음과 같았다.

"생각했던 회사랑 너무 달라."

대량으로 밀려들어 오는 책에 문화의 향내는 조금도 없었다. 공업 제품으로만 보일 뿐이다. 그래도 우리들은 한 달만 참으면 된다고 서로를 격려했다. 한편 남성 신입사원들은 그런 우리를 보고 빈정거리는 말투로 시비를 걸었다.

"여자는 좋겠어. 이러쿵저러쿵해도 결국 거의 다 본사로 가잖아."

그렇다. 다이한의 남성 신입사원 중 절반은 물류 센터에 발령되어 육체노동을 경험한 후에 본사나 지사로 갈 수 있는 모양이었다. 소문에 따르면 딱 봐도 근육질이며 육체노동에 강할 것 같은 사람은 물류 센터를 면제받기도 하지만 허약한 느낌을 주는 신입은 반드시 이곳을 거치게 된다고 한다. 어디까지나 도시 전설 같은 소문이지만.

하치오지 물류 센터 연수가 끝나자 이루마 반품 센터 연수가 기다리고 있었다. 반품 센터와 비교하면 물류 센터는 천국이었을지도 모른다. 비록 문화의 향내는 없었지만 적어도 이제부터 서점으로 날갯짓할 미래가 기다리고 있는 책을 다뤘으니까.

반면 이루마 반품 센터는 책의 최종 처리장이었다. 입사하기 전에는 몰랐는데, 일본의 출판 및 서점 업계를 떠받

치고 있는 것은 '위탁 판매 제도'와 '재판매 가격 유지 제도'라는 두 축이었다. 책을 들여놓을 때 서점은 책을 구입한 것이 아니라 판매를 위탁받은 것에 불과하다. 책을 반품하면 돈을 돌려받을 수 있는 것이다. 전국에 있는 서점에서 팔고 남은 책들이 되돌아오는 장소가 이 반품 센터다. 여기서 분류한 다음 출판사 창고로 보내는 것이다.

반품 센터에서 하는 작업은 물류 센터와 마찬가지로 중노동이었지만, 정신에는 더욱 큰 타격을 주었다. 서점 진열대에 있다가 빛바래고 먼지를 뒤집어쓴 채로 돌아온 책들. 마스크는 필수다. 편견일지도 모르지만 선택받지 못했다는 음울한 에너지가 가득 차 있는 것 같았다. 책들을 새집으로 떠나보내던 물류 센터에서와는 달리 반품 센터에서는 책을 다루는 직원의 손길도 어딘지 모르게 거칠어진 느낌이었다. 물론 느낌이 그랬다는 것뿐이지만. 마치 내 미래를 보는 것 같아서 조금 울적한 기분이 들었다.

출판사 창고로 되돌아간 책들의 미래는 어딘지 이야기를 들어보니 더욱 기분이 가라앉았다. 한동안 보관했다가 신간의 재고가 부족해지면, 더러운 부분을 제거하고 쓸 만한 것은 다시 한번 단장해(표지를 닦거나 새 커버를 씌워서)

시장에 내보내는 일도 없지는 않다고 한다. 하지만 대부분의 서적은 묵혀 두었다가 재활용된다. 노골적으로 말하자면 표지는 찢겨 나가고, 내용물은 잘게 잘려서 재생지가 되는 것이다. 출판사의 입장에서 창고비는 막대한 지출이다. 더 이상 팔릴 희망이 없어 보이는 책이 공간을 차지하게 둘 여유는 없다. 그건 그렇고 매일매일 이토록 방대한 양의 책이 반품되는데 출판사는 정말 괜찮은 걸까….

그리하여 1개월에 걸친 연수가 끝났다. 연수 마지막 날, 부서 배치 발표가 있었다. 우리 신입사원들은 대회의실에 모여서 인사 부장님의 말을 집중해서 들었다. 부장님 뒤편에는 각 근무처의 상사가 서 있었다. 이름이 불리면 대답을 하고 앞으로 나가서 본인 부서의 상사 옆에 서는 시스템이었다.

'누가 내 상사가 될까.'

모두 똑같아 보이는 정장을 입고 있어서 특징이 없었다. 누가 어느 부서의 상사인지 알 수 없었지만, 정장이 익숙하지 않은 듯 갑갑해하는 인상을 주는 사람은 평소 작업복을 입고 일하는 물류 센터나 반품 센터 담당일 것이다.

"고사카 야스시. 하치오지 물류 센터."

고사카의 얼굴에 잠시 그늘이 생겼지만 곧 평소와 같은 웃는 표정으로 돌아갔다. 의외였다. 체육계 출신 고사카가 물류 센터라니. 역시 그 소문은 도시 전설인 모양이었다.

차례차례 호명이 된다. 모두 대답을 하고 자리에서 일어나서 앞으로 나아간다. 어쩐지 우리 모두 경매장에 나와서 팔려 가는 것 같았다.

"미요카와 히메노. 본사 시스템부."

미요카와의 얼굴이 완전히 굳었다. 저 부서가 하는 일은 책을 기점으로 한 소셜 비즈니스라고 했던 걸로 기억한다, 아마도. 시스템부의 상사는 누가 봐도 IT에 능할 것 같은 오타쿠 같은 인상이었다. 미요카와는 고개를 숙인 채 그 사람 옆으로 갔다.

"오모리 리카. 오사카 지사 영업부."

'어? 지금 뭐라고 한 거야? 오사카?'

"오모리 씨, 없습니까?"

오사카라는 말에 놀라 인사 부장님의 목소리가 귀에 들어오지 않았다. 옆에 앉은 사람이 내 어깨를 두드리며 호명되었음을 알려 주었다.

"네, 네! 저입니다!"

서둘러 앞으로 나가자 인사 부장님께서 미안하다는 듯 말씀하셨다.

"오사카 지사 부장이 오늘 갑자기 못 오게 되었네. 미안하지만 자리에 그대로 있어 주겠나?"

"아, 네. 그런데."

"뭔가?"

"오사카 말씀이시죠?"

"오모리 리카 씨, 오사카 지사 영업부. 기대하겠네."

"아, 감사합니다."

나는 반사적으로 대답했다.

'그런데 지금 몰래카메라라도 찍는 겁니까?'

그 후로도 신입사원 몇 명의 근무지가 발표되었지만 전혀 기억에 남지 않았다. 본사와 도쿄 및 근교 지점, 물류 센터 신입사원은 상사와 함께 사라졌다. 지사로 발령받은 다섯 명만이 회의실에 남겨졌다. 나 말고는 모두 남자였다. 게다가 버젓이 신입을 맞이하러 온 상사와 즐겁게 담소를 나누고 있었다. 나만 외톨이었다.

인사 부장님이 입을 열었다.

"자, 지사로 발령받은 여러분, 축하합니다!"

'뭐라고? 지금 비꼬는 건가?'

"신입 시절 지사를 경험하는 것은 여러분의 미래를 생각했을 때 가장 좋은 길입니다. 여기 있는 멤버가 기대주라는 의미라고 생각해도 좋습니다."

'듣기 좋으라고 하는 말이라는 느낌이 물씬 풍겨 오는데….'

"한동안 본사에 올 일은 없을 테니까 오늘은 본사의 다양한 부서를 둘러보며 소개하겠습니다. 여러분은 다음 주부터 각각 현지로 부임하게 됩니다."

'현지라고?'

나는 속으로 중얼거렸다. 현지라고 하니까 마치 일본이 아니라는 느낌이었다.

"그 지역에 대한 지식도 없을 거고, 어디에 살게 되는 건지 불안할 겁니다. 회사에서 소개하는 방도 있으니까 사내 투어가 끝난 다음 개별적으로 면담합시다."

그 후의 일은 잘 기억나지 않는다. 인사 부장님을 쫓아다니며 온갖 부서에 인사했다. 그 후 개별 면담을 했고, 오사카에서 살 집도 추천받은 대로 정해 버렸다. 사택은 아니고, 가구가 갖춰져 있는 아파트였다. 오사카 지사에서 가장 가까운 역까지 네 정거장만 가면 되는 위치에 있다고 했다. 이 지경인데도 나는 여전히 언제 몰래카메라인 것이 밝혀질까 기다리고 있었다. 아직 이 사태를 제대로 이해하지 못한 것이다. 아니, 정확히 말하자면 이해하고 싶지 않았다.

전철에서 내려 집으로 돌아가는 길, 고마자와 공원 벤치에 앉아 편의점에서 산 아이스크림을 먹으며 하늘을 올려다보았다.

"이제 이 하늘도 당분간 볼 수 없겠네."

나는 어울리지 않게 감상에 빠졌다.

여유를 부린 것도 그때뿐이었다. 그 후 며칠 동안 이사 준비로 정신없었다. 물론 대단한 짐이 있는 것은 아니었지만. 그리고 골든위크*가 끝난 월요일, 나는 신오사카로 향하는 열차 신칸센 '노조미(희망)'에 탔다. 아무런 '희망'도 갖지 못한 채.

---

* 5월 초에 있는 일본의 장기 연휴.

경쾌한 멜로디가 울려 퍼지자 신칸센 안의 공기가 바뀌었다. 성급한 승객은 벌써 몸을 일으키고 선반에서 짐을 내리기 시작했다. 그런 가운데 나만 혼자 꼼짝하지 못하고 앉아 있었다. 경쾌한 멜로디도 장송 행진곡의 전주처럼 들릴 뿐이었다. 멜로디가 끝나자 괜히 긴장감을 조성하는 침묵이 흐른 후 아름다운 여성의 자동 안내 음성이 결정적인 사형 선고를 내렸다.

"곧 종점, 신오사카입니다."

그 후 아름다운 목소리는 친절하게 신오사카역 환승 안내를 이어갔지만 물론 내 귀에는 전혀 들어오지 않았다. 교토를 지났을 무렵부터 내 머릿속에는 계속 같은 곡이 흐르고 있었다.

"도나 도나 도―나, 도―나―."*

5월, 맑게 갠 늦은 오후. 나는 송아지처럼 오사카 지사에 팔려 가는 것이다. 태어나서 처음으로 완전히 도쿄를 떠나 혼자 살게 된다. 사실 입사해서 한 달 동안의 연수를 마친 후에도 회사에 대해 아는 것이 별로 없었다.

---

* 〈Donna, Donna〉 숄롬 세쿤다가 작곡, 아론 제이틀린이 작사한 노래로 도살장에 끌려가는 송아지에 유대인의 슬픈 운명을 빗대어 그린 곡이다.

'출판유통이란 대체 어떤 걸까? 간단히 출판사와 전국의 서점을 연결해 주는 일이라고 보면 되는 걸까. 대부분의 출판물은 출판유통회사를 경유해서 전국의 작은 책방이나 큰 서점, 편의점으로 운반된다. 큰 물류 센터를 운영하며 각 서점에 맞게 상품을 준비하는 것도 출판유통회사의 일이다. 출판사나 서점에게 없어선 안 되는 도매업체 같은 곳 같다. 아마도.'

이런저런 생각을 하며 가까스로 마음을 다잡고 신오사카역에서 내린 나에게 최초의 세례가 기다리고 있었다. 에스컬레이터에 타고 있는데 뒤에서 어떤 남자의 거친 목소리가 쏟아졌다.

"거기 언니. 그런 데 멍하게 서 있으면 다른 사람한테 방해되잖아."

그 목소리에 정신을 차렸다. 나는 홀로 자란 탓인지 방심하면 몽상의 세계로 빠져드는 버릇이 있었다. 뒤를 돌아보니 나 혼자 에스컬레이터 왼쪽 줄에 서 있었다.

'무슨 일이지? 에스컬레이터는 오른쪽으로 타는 거였나?'

"죄송합니다."

나는 일단 사과하고, 허둥지둥 오른쪽 줄로 이동했다.

"언니, 신입사원이지? 정신 딱 차려야 안 쓰겠어?"

한신 타이거즈* 모자를 쓴 남자는 거칠게 말을 내뱉고는 빠른 걸음으로 에스컬레이터를 내려갔다.

'역시 오사카는 무서워.'

진심으로 그렇게 생각했다.

태어나서 처음으로 남자한테 '언니'라고 불린 것, 왜인지 나 혼자 에스컬레이터에서 다른 쪽에 서 있던 것, 신입사원임이 들통 난 것, 모르는 사람에게 갑자기 설교를 들은 것. 온갖 감정이 뒤섞여 갑자기 눈물이 날 것 같았다. 이제 곧 호피 무늬를 입은 아줌마가 나타나서 나에게 잔소리를 시작할 것만 같았다. 나는 호랑이와 표범이 어슬렁거리는 우리 속에 내던져진 한 마리의 연약한 어린 사슴이었다. 게다가 그 어린 사슴은 압도적인 철부지였다. 오사카의 룰도 모르고, 자기가 입사한 회사가 어떤 곳인지도 잘 몰랐다.

신오사카역에서 일반 열차로 갈아타고 오사카역으로 움직였다. 역에서 나와 지도를 보며 10분쯤 걷는 동안 '도지

---

* 효고현에 연고지를 둔 야구팀. 간사이 지방에서 압도적인 인기를 누리고 있다.

마'라는 지명이 붙는 간판을 자주 보게 되었다. 일단 오피스 단지처럼 보이지만 큰길에서 안으로 들어가면 너저분하다는 인상도 받았다.

다이한이 있는 빌딩이 어떤 빌딩인지 찾으며 두리번거리고 있는데 '다이한 도지마 빌딩'이라는 간판이 눈에 확 들어왔다.

'여기다!'

10층이라는 어정쩡한 높이지만 입구는 중후하고 고급스러운 느낌이 들었다.

이 빌딩의 2층과 3층에 다이한 오사카 지사가 자리 잡고 있었다. 엘리베이터를 타고 2층으로 올라가 보았지만 안내 창구가 있는 것도 아니고 어디로 가야 할지 알 수 없었다.

복도에 우두커니 서 있었더니 갑자기 어떤 문이 열리며 안에서 몸집이 작은 남자가 엄청난 기세로 튀어나왔다. 하마터면 부딪칠 뻔했다.

"아, 죄송합니다. 저희 회사에 무슨 용건이라도 있으십니까?"

남자는 얼굴 전체로 더할 나위 없는 미소를 지으면서 말했다.

"아, 아닙니다. 저야말로 죄송합니다. 저는 오늘부터 다이한 오사카 지사 영업 1과에서 일하게 된 오모리 리카라고 합니다."

"어? 우리 신입이야? 뭐야, 손해 봤구만."

남자는 만면의 미소를 싹 걷은 후 몸에서 힘을 쭉 빼고 부루퉁한 표정으로 말했다.

"거기서 그렇게 멍하게 서 있으면 방해되잖아."

"네."

"애초에 지금 몇 시야? 왓 타임 이즈 잇 나우?"

당황해서 시계를 확인했다.

"9시 46, 아니 47분입니다."

"그런 시시콜콜한 시간은 됐고. 신입이 아주 사장님 출근이시네."

"사장……?"

무슨 의미인지 몰라서 그저 그 단어를 따라 했다.

"다른 사람들은 벌써 다 왔어."

"인사부에서 첫날은 10시까지 가는 거라고……."

"아, 그래? 그런데? 인사부가 '물구나무서기로 출근하세요.' 하면 여기까지 물구나무서서 출근할 거야?"

이 사람은 대체 뭘까? 초등학교 남자애 수준이다. 나의 차가운 시선을 느낀 것인지 남자는 처음 만났을 때처럼 만면의 미소를 짓고 말했다.

"농담이야. 얼른 지사장님한테 인사드리고 와. 엄청 기다리고 계신다고."

남자는 턱짓으로 복도 끝에 있는 방을 가리켰다.

"감사합니다."

인사를 하고 고개를 드니 남자는 벌써 복도를 달리고 있었다. 아무래도 화장실에 가던 도중 같다.

나는 복도에서 만난 가짜 스마일맨이 턱으로 가리킨 방으로 향했다. 지사장실이었다.

오사카 지사장님의 이름은 오쿠야마 게이치. 다이한의 이사도 겸하고 있다. 아무리 나라도 이 정도 정보는 조사해 두었다. 나 같은 신입사원 입장에서는 매우 대단한 분, 구름 위의 존재였다. 살짝 긴장하며 문을 두드렸다.

"네."

역정이 난 듯한 굵은 목소리가 들려왔다. 그 목소리에 이미 움츠러든 채 "실례합니다."라고 말하며 조심스럽게 문을 열고 방으로 들어갔다. 우선 보인 것은 넓게 펼쳐진 스포츠 신문이었다. '무능한 호랑이, 굴욕의 5연패'라고 크게 쓴 제목이 눈에 들어왔다. 방의 주인은 크고 멋진 책상 의자에 몸을 젖히고 앉아서 스포츠 신문을 읽고 있던 것이었다.

"저…."

신문이 구겨지는 소리를 내며 거칠게 접히자 오쿠야마 지사장님의 얼굴이 나타났다.

'우앗! 뚱하고, 거무스름하고, 엄청 무서워.'

남색 스트라이프 정장을 빈틈없이 갖춰 입은 모습은 매우 세련돼 보였다. 피부가 탄 것은 골프 때문일까? 날카로운 눈빛은 거의 야쿠자를 방불케 했다. 압도적인 위압감. 나는 목소리도 나오지 않았다.

"누구지?"

"오늘부터 다이한 오사카 지사 영업부 영업 1과에 배속된 오모리 리카라고 합니다."

겨우 이렇게 말할 수 있었다.

"아, 그렇군. 거기 전화로 내선 43번."

"네? 내선이요?"

"그래."

잘 이해하지 못한 채 나는 지사장님이 가리킨 대로 책상

위에 놓인 전화 수화기를 들고, 43번을 눌렀다. 첫 번째 발
신음이 끝나기도 전에 상대의 목소리가 들렸다.

"네, 시이나입니다. 무슨 용무십니까?"

나는 일단 연수 중에 배운 통화용 인사를 시도했다.

"아, 네. 수고가 많으십니다. 저…."

지사장님을 바라보았다. 여전히 스포츠 신문을 읽고 있
었다.

"잠시만 기다려 주세요. 저기, 뭐라고 말할까요?"

지사장님은 신문에서 눈길을 떼지 않은 채 연극 대사처
럼 딱딱하게 말했다.

"신입 아가씨가 오셨으니 바로 마중 나오게."

나는 어쩔 도리 없이 그 대사를 따라 했다.

"저기, 신입 아가씨가 오셨으니 바로 마중 나오게, 라고
말씀하십니다."

수화기 너머로 "무슨 얼빠진 소리야. 여기서도 들리는
데."라는 대답이 들리더니 기세 좋게 전화가 끊겼다. 수화
기를 어떻게 해야 좋을지 망설이는 사이 노크 소리와 함께
"실례합니다." 하는 소리가 들렸다. 문이 열리며 회색 정장
을 말끔하게 차려입은 보통 체격의 남자가 방으로 들어왔

다. 방금 내선 전화로 들은 목소리였다. 분명 '시이나'라고 했던 것 같다. 그나저나 정말 빠르다. 동작에도, 목소리에도, 표정에도 군더더기가 없었다.

"이쪽인가요? 신입 아가씨는."

남자가 빈정거림을 듬뿍 담고 나를 보면서 오쿠야마 지사장님에게 물었다.

"그래. 자기 입으로 자기를 아가씨라고 부르는 걸 보니 용기는 있는 것 같군. 요새 애들이란."

'지사장님이 말하니까 따라 한 건데요.'라고 속으로 반박하고 있는데 지사장님이 내 눈을 지그시 보았다. 역시 위압감이 엄청난 사람이었다.

"이쪽은 시이나 부장. 자네 상사야. 제대로 배우도록."

오쿠야마 지사장님은 그렇게 말씀하신 다음 다시 스포츠 신문으로 눈을 돌렸다.

"가, 감사합니다."

나는 고개를 숙였다.

"자, 고만 갑시다."

시이나 부장님의 분위기를 깨는 말투에 나는 정말 오사카에 왔다는 것을 다시 한번 절감했다.

나는 시이나 부장님을 따라 오사카 지사 복도를 걸었다.

"겁났지?"

"네?"

"오쿠야마 지사장."

"아뇨, 그런 건."

"무리할 거 없어."

"아, 네. 조금요."

"얼굴이랑 분위기는 좀 무섭지만, 저래 봬도 제법 상냥하고 부하 직원을 생각하는 사람이니까 걱정 말아."

"그렇군요."

"그리고 미안했어."

"네?"

"인사 발표 날에 본사에 마중 못 갔잖아."

"아, 정말 괜찮습니다."

그렇게 말하면서도 오사카에 와서 처음 듣는 다정한 말에 나도 모르게 가슴이 시큰거렸다.

'이 사람은 좋은 사람일지도 몰라.'

그렇게 생각하고 있을 때 시이나 부장님이 문을 열고 다른 사람들이 일하고 있는 사무실로 들어갔다. 나도 당황해서 따라 들어갔다.

"자, 모두 주목."

시이나 부장님이 손뼉을 쳤다. 그 자리에 있는 전원이 일어나서 나를 바라보았다. 마치 팔려 온 송아지가 시장에서 가격 감정을 당하는 것 같았다.

"올해 오사카 지사로 발령 받은 신입사원이다. 자, 이름."

"아, 오모리 리카입니다."

"전혀 안 들립니다."

"오모리 리카입니다!!"

낼 수 있는 최대한 큰 소리를 냈다.

"좋아. 15초간 자기소개."

"네? 자기소개요?"

허둥지둥하는 나를 무시하고 부장님은 손목시계를 보았다.

"준비됐어? 그럼 시작."

"저, 처음 뵙겠습니다. 오모리 리카입니다. 도쿄 세타가야구에서 태어났습니다. 출판유통회사에 들어왔지만, 책을 잘 아는 건 아닙니다. 그리고…."

"그만, 15초 경과. 전혀 재미없군."

시이나 부장님은 조금 전과는 완전히 다른 사람처럼 냉정하게 말했다.

"하지만 15초로는……."

"TV 광고가 15초. 책의 제목이나 띠지의 문구도 대체로 15초면 설명 가능하지. 그만큼 응축해도 재미있는 문장을 준비해 놓을 줄 알아야지. 신입이니까 오늘 자기소개를 시킬 거라는 건 짐작했을 텐데."

"네."

알고는 있었지만 꼭 이렇게 혹독하게 말해야 하는 걸까. 좋은 사람일지도 모르겠다고 생각했던 것을 바로 철회했다.

"숙제. 서점으로 연수 가기 전까지 재치 있는 자기소개를 생각해 둘 것."

"서점 연수요? 언제부터인가요?"

"당연히 오늘부터지."

"오늘부터."

"어떤 손님이 어떤 책을 손에 들고, 어떤 식으로 소중한 돈을 내는지 제대로 보고 오도록. 그런 걸 직접 볼 기회는 거의 없으니까 말이야."

나는 뭐라고 대답해야 좋을지 몰라 입을 다물고 있었다. 그러자 시이나 부장님이 사무실 안을 둘러보며 큰 소리로 말했다.

"나카가와, 있나?"

그 순간 문이 열리더니 조금 전 복도에서 부딪힐 뻔했던 몸집이 작은 남자가 손수건으로 손을 닦으며 들어왔다.

"나카가와 다카시 여기 있습니다."

"오, 있네, 있어. 당분간 오모리 씨를 도와줄 나카가와 계장이야. 연수할 서점으로 데려다줄 거야."

'뭐? 조금 전의 가짜 스마일 맨이?'

"아, 잘 부탁해요."

그는 만면의 미소를 지으며 말했다.

"자, 고만 가 봅시다."

뭐라 대꾸할 새도 없이 기운이 쭉 빠지는 말투였다. '고만' 가 봅시다. 역시 이곳은 오사카다.

시이나 부장님은 오늘부터 서점 연수라고 했지만, 정확히는 내일부터였다. 이날은 나카가와 계장님을 따라다니며 다이한과 거래하는 오사카 시내 서점에 인사를 돌았다.

이처럼 다이한과 거래하는 서점을 '다이한 장합帳合'이라고 하는 모양이었다. '장합'이라는 말은 원래 장부에 수지를 계산하는 일을 의미했는데, 출판업계에서는 서점이 어떤 유통업체와 거래하고 있는지를 가리키는 말로 쓰인다. 전국 서점은 크게 '다이한 장합'과 '데이한 장합'으로 나뉘는 것 같았다(그밖에 중소 출판유통회사와 거래하는 서점도 있다). 모든 체인점이 같은 유통업체와 거래하는 대형 서점도 있지만, 예를 들어 대형 서점 체인인 기오이야 같은 경우는 점포에 따라 '다이한'과 '데이한'을 나눠 쓰기도 해서 헷갈린다.

그날 나는 체인점에서 시작해 거리의 작은 책방까지 다양한 장소로 끌려다녔다. 그리고 그때마다 자기소개를 해야 했다. 시이나 부장님이 서점 연수 가기 전에 생각해 두라고 한 이유는 알았지만, 그렇다고 갑자기 재치 넘치는 자기소개가 떠오를 리도 없어서 매번 횡설수설하다가 끝났다.

어느 서점에서 자기소개를 하든 '도쿄 출신'이라는 것만으로 "흠, 도쿄라고?" 하며 신기하다는 눈빛을 받았다. 그때마다 나는 "죄송합니다." 하면서 어쩔 줄 몰랐다. 점점 도쿄에서 나고 자란 것이 나쁜 일처럼 느껴졌다.

나카가와 계장님은 서점에 들어갈 때마다 "늘 감사합니다, 다이한입니다." 하며 만면에 미소를 지었다. 마치 만화 〈사자에 씨〉에 나오는 미카와야 직원 사부로* 같았다. 밖에서 이렇게 웃는 얼굴을 유지하다 보면 같은 회사의 신입 사원에게는 바로 미소를 거두고 싶어지는 마음도 이해할 수 있을 것 같았다.

저녁 무렵 나는 내일부터 신세를 지게 될 분에츠도 서점 도지마점으로 이동했다. 분에츠도 서점은 전국에 체인점을 두고 있는 대형 서점 중 하나다. 오피스 단지 상업 빌딩 2층에 있는 도지마점은 다이한 오사카 지사에서 걸어서 3분 정도 걸리는 중간 규모의 점포였다.

나카가와 계장님은 특기인 만면의 미소를 짓고 책장을 정리하고 있던 여성 점원에게 야나기하라 점장님의 위치를 물었다. 가게 뒤편 창고에 있다는 것을 듣자마자 자주 드나드는 이웃집인 양 창고 문을 열고 안으로 들어갔다. 나도 뒤처지지 않게 그 뒤를 따랐다.

---

* 일본의 국민 만화 〈사자에 씨〉에 등장하는 캐릭터. 씩씩하게 인사하며 등장하는 것이 특징이다.

"늘 감사합니다, 다이한입니다. 야나기하라 점장님, 늘 신세 많이 집니다."

오늘 다른 가게에서 보여준 만면의 미소에 20퍼센트를 더 추가한 얼굴이었다. 야나기하라 점장님은 키가 180센티는 족히 넘을 것 같은 거한이었다. 몸이 작은 나카가와 계장님과 나란히 서자 키 차이가 더욱 눈에 띄었다.

"이쪽은 내일부터 연수하러 올 신입 오모리입니다. 신세 좀 지겠습니다."

"오모리 리카입니다. 도쿄 출신이라 죄송합니다. 잘 부탁드립니다."

이렇게 말하며 고개를 숙였다. 벌써 몇 번째 말하는 것인지 기억하지 못할 정도였다.

"도쿄 출신인 게 뭐가 미안해요?"

고개를 들자 야나기하라 점장님이 생글생글 웃고 있었다.

"아니요, 저도 모르게."

"나도 도쿄에서 태어나고 자랐는데."

나도 모르게 "네? 정말요?" 하고 큰 소리를 낼 뻔했지만 가까스로 참을 수 있었다.

"서점에서 일한 경험은 있어요?"

"아니요."

"그럼 서비스업 경험은?"

"없습니다."

"아르바이트는 뭘 해 봤어요?"

"과외를 조금."

"허어. 똑똑하네."

"아니요! 전혀 그렇지 않습니다. 친척 아이였고, 성적도 별로 올리지 못했습니다."

이상할 정도로 몸을 사리는 나를 보고 점장님도 입을 다물었다. 미묘한 분위기가 흐르려는데 나카가와 계장님이 놓치지 않고 도움의 손길을 뻗었다.

"보시다시피 이런 애라 여러모로 손이 갈 겁니다. 죄송하지만 잘 부탁드립니다."

"다이한의 소중한 신입사원인데 잘 대접해야죠."

"무슨 말씀을요. 분에츠도 직원들처럼 가차 없이 단련시켜 주세요."

"잘 부탁드립니다."

나는 바보처럼 또 고개를 숙였다.

겨우 첫 근무를 끝내고 회사에서 도보 10분 거리에 있는 비즈니스호텔로 향했다. 새집에 침구 따위가 도착하는 다음 휴일이 올 때까지 1주일 동안 이곳에서 지내기로 했다. 오사카까지의 이동, 그리고 첫날의 긴장감 때문에 현기증이 났다. 일단 눕고 싶었다. 편의점에서 도시락과 아이스크림을 사서 체크인했다. 방에 들어온 순간 충격을 받았다.

생각했던 것보다 너무나 작은 방이었다. 목욕탕이 화장실과 같은 공간에 있어서*, 몸이 작은 나조차 욕조에서 발을 뻗을 수 있을 것 같지 않았다. 생각해 보니 이제까지 비즈니스호텔이라는 곳에 묵어 본 적이 없다는 것을 깨달았다. 더욱 충격적인 것은 방에 놓인 냉장고에 냉동실이 없다는 사실이었다. 도시락을 먹은 후 아이스크림을 먹을 생각에 들떠 있었는데 먼저 먹지 않으면 녹게 생겼다. 방이 좁은 것도 냉동실이 없는 것도 다 서러웠다.

다음 날 아침 8시 반, 분에츠도 서점 도지마점에서 연수가 시작되었다. 우선 다이한에서 발송한 택배 상자를 여는

---

* 일본의 화장실은 보통 욕실과 별도의 공간에 건식으로 존재한다.

것부터 시작했다. 다이한 로고가 그려져 있는 상자. 하치오지 물류 센터에서 지겹게 보았던 그 택배 상자였다. 그렇지만 멀고 먼 하치오지에서 왔다고 생각하니 느낌이 남달랐다. 나를 지도해 준 사람은 아르바이트 경력 10년이라는 안자이 마사미 씨였다.

"우리도 상자를 열어 보기 전에는 어떤 책이 들어 있는지 몰라. 다이한이 가게에 맞게 보내 주거든."

어쩐지 우리 회사가 서점에 강매하고 있는 느낌이었다. 연수에서 배운 바에 따르면 이런 것을 '패턴 배본'이라고 한다. 서점의 규모나 인기 상품에 따라 권수를 정해서 보내는 시스템이다. 물론 서점 측이 이만큼만 필요하다고 지정해서 책을 받기도 한다. 다만 잘 팔리는 상품은 서점의 요청대로 수를 확보할 수 없는 경우도 많은 모양이었다.

"이런. 다섯 권밖에 안 들어 있네!"

마사미 씨가 목소리를 높였다. 손에는 『벗꽃 색, 무슨 색』이라는 소설책이 들려 있었다. 작가는 들어 본 적 없는 여성이었다.

"지난주에 TV 프로그램에서 신카이 마이라는 여배우가 이 책이 애독서라고 말했거든. 그다음부터 손님들 문의가 끊이지 않아."

"그런 영향도 받는다고요?"

"당연하지. 아무도 TV 같은 건 안 본다고들 하지만 아직 영향력을 무시할 수 없어. 신문이나 전철 광고에도 좌우되고 말이야."

"그렇구나."

"다이한에 스무 권 부탁했는데 겨우 다섯 권이라니. 금방 다 팔리고 말걸. 책은 엄청 보내면서 진짜 필요한 책은 잘 안 보낸다니까, 다이한은. 아, 미안해. 오모리 씨는 다이한 직원이지."

"아니에요. 늘 죄송합니다."

"뭐, 그건 그거고. 진열하는 거 도와줄래? 책은 어려우니까 오늘 발매되는 잡지 좀 부탁할게. 자, 이쪽으로 와 봐."

내가 처음으로 창고에서 맡게 된 일은 여성지에 부록을 합치는 작업이었다. 마사미 씨가 방법을 알려 주었다. 잡지 본체에 부록을 끼우고 끈으로 묶는 것이다. 부록을 끼워 넣는 것도 서점 직원의 일이었다니, 몰랐다. 당연히 출판사에서 완성된 상태로 보내 준다고 생각했다. 단 열 권을 합치는 데도 상당히 품이 많이 들었다. 이 작업이 끝나면 드디어 가게에 진열하는 것이다. 잡지 코너 매대에서 지난 호 잡지를 빼고, 신간 잡지를 놓는다. 의욕에 차서 마사미 씨가 알려 준 방법대로 일을 시작했다. 좋아, 이 정도 일은 나도 할 수 있어. 분위기를 타고 작업하는데 조금 떨어진 곳에 있던 마사미 씨가 급히 달려왔다.

"잠깐, 오모리 씨. 너무 쌓았어! 무너진다고."

아무래도 너무 높았던 모양이었다.

"죄송합니다!"

아직 오픈도 하기 전인데 할 일이 너무 많았다. 점포 안팎 청소에 계산대 설정까지, 해야 할 일이 한두 가지가 아니었다. 모두 묵묵히 움직이고 있었다. 서점 일이라는 것이 이렇게 중노동이었다는 사실을 새삼 실감했다. 이윽고 10시, 오픈.

손님이 하나둘 찾아오기 시작했다.

"어서 오세요."

인사하면서 작업을 이어 갔다.

그 후에는 마사미 씨의 지시에 따라 창고에 가서 반품 작업을 돕기로 했다. '반품'이라는 말을 듣기만 해도 이루마 반품 센터가 떠올라서 우울한 기분이 들었다. 그리고 예감대로 그다지 기분 좋은 작업은 아니었다.

각 책장 담당자가 골라 온 반품용 서적의 바코드를 기계로 읽어 나가는 작업이었다. 이 작업을 통해 입력된 데이터는 다이한의 시스템으로 보내져 환불 처리 등에 쓰인다. 서점의 입장에서 책 반품은 중요한 작업이다. 입고할 때 지불했던 돈을 돌려받을 수 있기 때문이다. 하지만 그와 동시에 가슴 아픈 작업이기도 하다. 원래라면 다 팔고 싶었던 상품을 이렇게 되돌려 보내야 하니까.

바코드 읽기 작업이 끝난 책은 입고되었을 때와 마찬가지로 다이한 로고가 찍힌 상자에 들어간다. 들어올 때는 책과 상자 모두 새것이었는데 반품되어 돌아가는 책은 어쩐지 조금 깔끔치 못한 느낌이 든다. 택배 상자 역시 조금 낡았다. 이 상자가 우리의 연수처이기도 했던 이루마 반품 센터로 보내지고, 그다음 출판사 창고로 들어간다. 운이 좋으면 부활해서 다시 한 번 서점에 놓일 기회를 얻는다. 운이 나쁘면 잘려서 두루마리 휴지 같은 것으로 태어날 것이다. 물론 그것도 가치가 있는 일이겠지만, 역시 조금 가엾다는 생각이 들었다.

정오가 되어도 점심 휴식은 없었다. 사무실이 모여 있는 거리에 있는 도지마점은 점심시간이 대목이었다. 손님들이 줄지어 들어왔다. 마사미 씨를 비롯한 모든 직원이 대단히 분주했다. 다른 회사의 점심시간이 끝난 후에야 겨우 교대로 쉴 수 있다. 물론 외출해서 느긋하게 점심을 즐길 시간은 없다. 편의점에서 산 샌드위치와 주스를 마사미 씨와 함께 창고에서 꾸역꾸역 먹는 것이 고작이었다.

"오모리 씨는 왜 다이한에 들어왔어?"

마사미 씨가 물었다. 어떻게 말해야 정답일까. 입사하기 전부터, 입사하고 나서도 몇 번이나 반복해서 날아온 질문이었지만 나는 여전히 대답을 찾지 못한 상태였다.

"지금 그 대답을 찾으려고 노력하는 중이에요."

나는 되도록 솔직하게 말했다.

"아하, 그렇구나."

"안자이 씨가 보기에 다이한의 이미지는 어때요?"

이번에는 내가 마사미 씨에게 질문을 던졌다.

"글쎄. 내 입장에서는 '다이한'이라고 하면 '택배 상자'가 제일 먼저 떠오르는데. 다이한이라고 쓰인 상자에 책이 담겨 오고, 다 못 판 책은 다시 그 상자에 넣어서 돌려보내고."

맞는 말이었다. 오전 작업을 하는 동안 다이한 택배 상자만 눈에 들어왔다. 창고 여기저기에도 다이한의 택배 상자가 비좁게 쌓여 있었다. 내가 택배 상자를 뚫어지게 보고 있으니 마사미 씨는 말이 심했다고 생각했는지 열심히 두둔하기 시작했다.

"미안, 미안. 분명 좋은 회사일 거야. 일단 대기업이잖아. 게다가 적어도 우리 가게에 온 다이한 직원 중에 나쁜 사람은 없었고."

나는 보일 듯 말 듯 고개를 끄덕인 다음 화제를 바꾸기 위해 다시 질문했다.

"안자이 씨는 왜 서점원이라는 일을 고르셨어요?"

"내가 서점에서 일하는 건 그저 책을 좋아하기 때문이려나. 아르바이트인데 문예서 코너 관리를 맡겨 주기도 했고. 책장 정리하는 건 재미있어."

마사미 씨는 그렇게 말하더니 쑥스러운 듯 미소를 지었다. 하고 싶은 일이 명확한 그녀와 달리 나에게는 아무것도 없었다. 그 사실이 가장 마음 쓰렸다. 저녁이 되자 나카가와 계장님의 목소리, "늘 감사합니다, 다이한입니다."가 들려왔다. 딱 하루가 지났을 뿐인데 조금 반가운 기분이 들었다. 하지만 계장님은 나에게 말을 거는 대신 야나기하라 점장님과 한동안 이야기를 나눈 후 돌아가 버렸다.

　연수 이틀째인 다음 날에는 계산대를 체험해 보기로 했다. '실습생'이라는 명찰을 가슴에 달고 마사미 씨와 함께 계산대 앞에 섰다.

　손님에게 상품을 받아서 바코드를 읽고, 상품이 서적인 경우 북 커버를 씌울지 묻는 것이 내 역할이었다.* 돈 계산은 하지 않았다. 손님으로 서점을 찾았을 때는 이 일련의 작업이 간단해 보였다. 하지만 막상 해 보니까 매우 긴장되는 일임을 깨달을 수 있었다. 안 그럴 수 없는 것이 북 커버를 씌우는 일거수일투족을 손님이 가만히 지켜보고 있다. 천천히 하면 '좀 더 빨리'라는 무언의 압력이 느껴진다. 어느샌가 나는 '북 커버는 필요 없다고 해 줘요.' 하고 바라게 되었다. 하지만 내 바람과 달리 북 커버를 원하는 손님은 많았다.

---

* 일본 서점에서는 책을 구입하면 북 커버를 씌워주는 것이 일반적이다.

"오모리 씨는 서점에 자주 안 가는 편이야?"

잠깐 손님이 끊겼을 때 마사미 씨가 물었다.

"그렇게 느껴져요?"

"응, 그런 느낌이야. 북 커버가 필요하냐고 묻는 타이밍이 좀."

말을 거는 타이밍 하나만 보아도 서점에 자주 가는 사람과는 아무래도 다른 모양이었다. '휴일마다 서점을 좀 다녀봐야겠다.'라고 속으로 다짐했다.

"괜찮아. 점점 익숙해질 거야."

마사미 씨가 격려해 주었다. 그 말대로 오후가 되자 작업 자체는 수월해졌다. 능숙하게 커버를 씌울 수 있게 되었다. 하지만 기세를 타기 시작한 내 앞에 함정이 기다리고 있었다.

"기다리게 해 드려서 죄송합니다. 이쪽으로 오세요. 북 커버는 필요하신가요?"

손님에게 말을 걸었는데 대답이 없다. 고개를 들어보니 그곳에는 예상치도 못한 시이나 부장님의 얼굴이 있었다. 큰일이다. 손님의 얼굴을 제대로 보지 않고 기계적으로 묻고 말았다.

"커버 부탁해요."

"아, 네."

허둥지둥 북 커버를 씌우려고 하니 손이 잘 움직이지 않았다.

간신히 커버를 씌운 책을 건넸다.

"손님 얼굴을 잘 보는 것도 일이야."

시이나 부장님은 혼잣말처럼 작게 중얼거리고는 조용히 가게를 떠났다.

"기다리게 해 드려서 죄송합니다. 이쪽으로 오세요."

다음 손님을 맞으며 생각했다. 일부러 나를 보러 오신 거였다. 그런데 어설픈 모습을 보이고 말았다. 연수를 시작하기 전 시이나 부장님이 했던 말이 되살아났다.

"어떤 손님이 어떤 책을 손에 들고, 어떤 식으로 소중한 돈을 내는지 제대로 보고 오도록. 그런 걸 직접 볼 기회는 거의 없으니까 말이야."

그 시간 이후로 나는 되도록 손님의 얼굴을 보면서 커버가 필요한지 물었다. 기분 탓인지 손님의 대답과 내 예상이 맞아떨어지는 비율이 높아진 것 같았다.

이렇게 분에츠도 서점에서 보낸 이틀간의 연수가 끝났

다. 서점 일이 보통 힘든 게 아니라는 것을 알게 되었고, 동시에 더 알고 싶다는 마음도 생겼다. 아무것도 모르고, 아무것도 하지 못하는 내가 한심하게 느껴지기 시작했다.

저녁 7시가 지났을 무렵 "늘 감사합니다. 다이한입니다."라는 인사와 함께 나카가와 계장님이 들어왔다. 분에츠도 서점 직원들에게 인사를 하기 위해서다. 나카가와 계장님은 우선 야나기하라 점장님에게 고개를 숙였다.

"여러모로 폐 많이 끼쳤습니다. 정말 감사합니다."

나도 황급히 고개를 숙였다.

"감사합니다."

"이틀 동안 힘들었을 텐데 열심히 해 줬어요. 고생 많았어요."

야나기하라 점장님이 격려해 주었다.

"아니에요, 당치도 않습니다. 아무 도움도 되지 못하고……."

변함없이 이상할 정도로 몸 둘 바 몰라 하는 나에게 익숙해진 것인지 점장님은 굳이 부정도 긍정도 하지 않았다.

"내일부터는 거래처로서 또 잘 부탁해요."

"저야말로 최선을 다하겠습니다. 잘 부탁드립니다."

나는 그저 고개를 숙였다. 그다음으로 마사미 씨에게 가서 인사했다.

"이틀 동안 감사했습니다. 정말 많이 배웠습니다."

"다이한의 험담도 좀 했지만, 역시 도움을 많이 받는 곳이니까 앞으로도 잘 부탁해."

마사미 씨가 미소로 대답하는데 나카가와 계장님이 끼어들었다.

"네? 우리 회사 험담을 했어요?"

"그래요. 그렇게 부탁했는데 『벚꽃 색, 무슨 색』을 다섯 권밖에 안 넣어 주시고."

"지금 그 책 구하기가 힘들어요."

"하지만 우메다에 있는 기오이야 서점에는 오십 권이나 쌓여 있다고 들었는데요?"

"아, 그건 말이죠."

"무슨 말인데요?"

"그러니까."

"안 되겠네. 오모리 씨한테 '다이한은 좋은 회사야.'라고 말한 거 취소해야겠네."

마사미 씨는 농담처럼 말했지만 그 속에 진심이 담겨 있다는 것을 표정으로 알 수 있었다.

"힘 좀 써 보겠습니다."

나카가와 계장님이 괴로운 표정으로 대답했다.

"네? 정말요? 다행이다!"

마사미 씨는 한순간에 밝은 표정이 되어 나를 보면서 말했다.

"오모리 씨, 상사가 참 좋은 분이시네. 그럼 또 봐."

마사미 씨가 자리를 뜨자 나카가와 계장님이 큰 한숨을 쉬었다. 분에츠도 서점에서 나온 후 물어보았다.

"그 책은 그렇게 입고가 어려운가요?"

"으음, 그렇지. 하지만 이번에는 내가 실수했어."

"그래요?"

"물론 각 서점별 배본 수는 내가 정하는 게 아니야. 서점 규모나 과거 실적에 따라 결정되는 거지. 하지만 특별한 방법이라는 게 있거든."

"특별한 방법이요?"

"오모리 씨는 아직 몰라도 되는데, 출판사 영업부의 인맥을 쓴다든지, 하치오지 물류 센터 담당자한테 미리 말을 해 놓는다든지. 좀 억지를 부리는 거지. 그런 것도 업무에 속하는 건데 안자이 씨가 저렇게 열심인 줄 모르고 이번에는 굳이 안 했어. 하지만 이틀 동안 어마어마하게 신세를 졌으니 어떻게 해 봐야지."

'어마어마하게 신세를 지게 한 것은 아마 나겠지.'

"미안, 오늘은 저녁이라도 사 주려고 했는데 밑져야 본전이니까 고에이칸에 가 봐야겠다."

"고에이칸이라면."

"출판사. 그 책을 낸 곳."

"네? 오늘이요?"

"다행히 고에이칸 오사카 지사가 이 근처거든."

시곗바늘은 벌써 8시를 넘기고 있었다.

"오모리 씨는 내일부터 진짜 근무니까 얼른 돌아가."

나카가와 계장님은 그렇게 말하며 한 손을 들어 올리고는 역과는 다른 방향으로 향했다.

'영업은 보통 일이 아니구나…….'

내가 연수하며 신세를 지는 바람에 부담을 지운 것 같아서 면목이 없었다. 하치오지 물류 센터라. 동기인 고사카가 근무하는 곳이었다. 어쩌면 부탁해 볼 수 있을지도 모른다.

54

나는 스마트폰을 꺼내서 고사카에게 메시지를 보냈다.

[고사카 씨, 잘 지내고 있어요? 나는 서점 연수를 겨우 끝내고 내일부터 본격적으로 영업을 시작해요. 그런데 고에이칸에서 나온 『벚꽃 색, 무슨 색』이라는 책 아세요? 연수하면서 신세를 진 '분에츠도 서점 도지마점' 담당자님이 찾으시는 책인데, 영업부 계장님께서도 힘 써 보고 계시지만 손에 넣기 힘든가 봐요.]

호텔로 돌아가는 길에 편의점에 들러 저녁밥과 아이스크림을 사는데 고사카에게 답장이 왔다.

[오모리 씨, 안부 물어봐 주어서 고마워요. 열심히 하고 있는 것 같아 좋아 보여요. 저도 드디어 생활 리듬에 익숙해진 것 같아요. 하지만 하루 종일 서서 일하는 건 상상 이상으로 힘드네요. 그 책은 몇 권 제가 어떻게 해 볼 수 있을 것 같아요. 요즘 인기더라고요.]

'됐다! 어쩌면 나도 도움이 될지도 모른다.'

방에 돌아가서 먹으려고 했던 아이스크림 봉지를 뜯어서 걸어가면서 먹었다. 오늘 아이스크림은 각별히 맛있게 느껴졌다.

다음 날부터 나는 다이한 오사카 지사 영업부 직원으로 근무하게 되었다. 말은 그렇지만 변함없이 나카가와 계장님을 따라다닐 뿐이다. 우리는 오전 첫 근무를 위해 분에츠도 서점 도지마점으로 출근했다. 창고에서 마사미 씨를 기다리는 동안 나카가와 계장님에게 물었다.

"어제저녁 성과는 어땠어요?"

그러자 나카가와 계장님이 가방에서 자랑스럽게 『벚꽃 색, 무슨 색』세 권을 꺼냈다.

"진짜 구하셨네요!"

"평소 행실이 드러나는 거지."

"대단하다."

그 순간 메시지 착신음이 울렸다. 고사카였다.

"거래처에 왔을 때는 전원 꺼 둬."

나카가와 계장님에게 주의를 받고 "네."라고 대답하면서도 몰래 메시지를 확인해 보았다.

[『벚꽃 색, 무슨 색』 다섯 권 확보할 수 있을 것 같아요.]

'와, 해냈다!'

보고하려는 순간 마사미 씨가 들어왔다.

"손에 넣을 수 있었어요? 고마워요."

"이거 참, 고생했다고요."

그가 생색내듯 책 세 권을 내밀었다.

"세 권이에요? 좀 더 어떻게 안 되나요?"

"지금은 이게 한계예요. 중쇄 찍으면 손 써 볼게요."

"그때는 이미 늦는다고요."

두 사람의 대화에 과감히 끼어들었다.

"저기…."

둘의 시선이 나에게 향했다.

"저, 다섯 권 정도는 제가 구할 수 있을 것 같습니다."

한순간의 정적. 나카가와 계장님의 험악한 표정을 마사미 씨의 목소리가 날려 버렸다.

"진짜? 그러면 고맙지!"

"신세를 많이 졌으니까요."

"내가 진짜 잘 도와줬지? 정말 부탁해도 되는 거야?"

"네!"

너무도 기뻐하는 마사미 씨의 모습에 이끌려 나도 그만 기운차게 대답해 버렸다.

"나카가와 씨, 좋은 부하 직원을 뒀네요."

마사미 씨가 농담을 던지며 밖으로 나갔다.

"이게 무슨 일이야?"

서점 밖으로 나오자 나카가와 계장님이 무서운 얼굴로 물었다.

"아, 아니요. 동기가 하치오지 물류 센터에 있어서요. 어젯밤 부탁할 수 없겠냐고 물었더니 다섯 권은 구해 볼 수 있다는 대답이 왔어요. 계장님께 말씀드리려는데 마사미 씨가 들어와서."

"그렇군. 그렇게 된 거군."

나카가와 계장님은 여전히 험악한 표정이었다.

"담당자에게 말해 본다, 그런 말씀을 하시길래."

"그러니까 그건 아직 알 필요 없다고 한 건데. 하, 이제 어쩔 수 없지. 일단 회사로 돌아갈까."

회사에 도착할 때까지 나카가와 계장님은 계속 무서운 얼굴을 하고 있었다.

'기뻐할 줄 알고 한 일인데 혹시 실수한 걸까?'

회사로 돌아가니 시이나 부장님이 나와 계장님을 찾았다. 마치 우리를 기다리고 있었던 모양이었다.

"하치오지 물류 센터에서 클레임이 왔어. 신입이 어떤 책을 상사 모르게 배본하려고 한 모양인데, 그게 오사카 지사의 무리한 주문 탓이라지 뭔가."

고사카를 말하는 것이다.

"죄송합니다. 제 책임입니다."

내가 변명하기 전에 나카가와 계장님이 입을 열었다.

"제가 구할 수 없는 책을 손에 넣는 특별한 방법이 있다는 식으로 말하는 바람에 그렇게 됐습니다."

"그렇게 된 거군. 오모리 씨, 회의실로 잠깐 따라와."

나는 시이나 부장님의 뒤를 따라 회의실로 들어갔다. 의자에 앉자마자 내 입에서 변명이 흘러나왔다.

"다른 분들에게 조금이나마 인정받고 싶어서, 내가 할 수 있는 일은 없을까 생각하다가……."

"그래서 할 수 있는 일을 생각해 봤더니 동기한테 부탁하는 거였다?"

"……네."

"그건 굉장히 쉬운 길이지."

"쉬운…… 길이요?"

"자기 발은 전혀 쓰지 않았잖아. 게다가 부탁받은 사람의 입장도 생각하지 않았지. 만약 이번 일이 들통나지 않았다 쳐도, 상사의 눈을 속이면서 얻어야 할 메리트가 물류 센터에 있다는 그 동기에게 있나?"

그런 것까지는 생각하지 못했다. 그저 동기니까 편한 마음으로 부탁했을 뿐이었다. 고사카는 분명 무리해서 내 말을 들어준 것이다.

"한번 생각해 봐. 나카가와든, 아니면 나든, 오사카 지사의 누구든, 오랫동안 오사카에서 근무했는데 하치오지 물류 센터에 아는 사람이 하나 없었겠나?"

맞는 말이었다. 다들 당연히 인맥이 있을 것이다. 그 사람들이 모두 우리 담당 서점에 배본 좀 해 달라고 가볍게 부탁하면 어떻게 될까? 도저히 손 쓸 수 없는 사태가 될 것은 불 보듯 뻔했다.

'그런 당연한 사실을 깨닫지 못하다니. 멍청해. 너무 멍청해. 오모리 리카, 이 정도로 바보였다니. 아무리 얼마 전까지 학생이었다고 해도, 이제 막 사회인이 되었다고 해도, 바보에도 정도가 있다. 한심한 데도 정도가 있는 것이다.'

그 순간 마음속 깊은 곳에 있던 무언가가 치밀어 올랐다. 말로 해서는 안 된다고 생각한 순간, 그것이 멋대로 흘러넘쳤다.

"애초에 왜 제가 오사카 지사입니까? 왜 영업부예요? 왜 다이한에 들어왔는지 서점 직원한테도 말해 주지 못하는 제가 왜 여기 있는 걸까요? 저보다 잘 맞는 사람도 많을 텐데. 왜 제가 다이한에 왔고, 왜 제가 영업부고, 왜 이런 장소에 있는지 모르겠어요. 알려 주세요."

마음속에 계속 담아 왔던 것을 내뱉어 버리자 눈물이 걷잡을 수 없이 흘러내렸다. 댐이 무너진 것처럼. 도저히 멈출 수 없었다. 잠시 후 시이나 부장님이 조용히 방에서 나갔다.

몇 분 후, 겨우 눈물이 그쳤을 무렵 나카가와 계장님이 얼굴을 보였다. 그리고 맥 빠진 목소리로 말했다.

"이제 고만 가 봅시다."

"가다니, 어디를요?"

"시이나 부장님이 오모리 씨를 고바야시 서점으로 데려가라고 하시네."

"고바야시 서점?"

"만나면 알아."

"만나면……."

이리하여 나는 마침내 고바야시 서점과 만나게 된 것이

다. 그리고 나는 일에서 가장 중요한 것, 인생에서 가장 중요한 것, 그 모든 것을 고바야시 서점의 고바야시 유미코 씨에게 배우게 된다.

2 왜 서점에서
우산을 파나요?

그날 정오가 되기 전, 나와 나카가와 계장님은 오사카역에서 JR고베선을 탔다. 고바야시 서점은 아마가사키시에 있다. 그곳에서 가장 가까운 역은 다치바나역이라고 한다. 아마가사키시라면 다운타운*의 고향이라는 지식밖에 없었다. 어찌 되었든 오사카보다 더 무서운 이미지다.

대체 얼마나 무서운 점주를 만나게 될까. 분명 나약한 나에게 기합을 불어넣기 위해 최고로 무서운 주인이 있는

---

* 일본의 유명한 개그 콤비.

서점으로 데려가는 것일 테다. 나카가와 계장님은 아무것도 말해 주려 하지 않았다. 분명 '울면 해결된다고 생각하고 말이야, 이래서 여자는 귀찮아.' 같은 생각을 하고 있겠지. 전철을 타고 오사카역에서 10분 정도 더 가니 다치바나역에 도착했다.

이렇다 할 특징도 없는 역이었다. 역의 북쪽 출구에서 이어지는 아케이드 상점가를 걸었다. 여전히 쇼와 시절이 남아 있는 옛 번화가 시장이라는 느낌이었다. 생각했던 것처럼 무서운 장소는 아닌 것 같았다.

몇 분이나 걸었을까. 아케이드를 빠져나오자 행인도 급속히 줄었다.

"여기야."

나카가와 계장님이 멈춰 서서 손가락으로 가리킨 곳을 보니 파란 차양에 정말 '고바야시 서점'이라고 쓰여 있었다. 상당히 작은 가게였다. 요 며칠 동안 방문했던 대형 서점의 체인점과는 완전히 다른 외관이었다.

"여기서 잠깐 기다려."

나를 밖에 세워 두고 나카가와 계장님이 안으로 들어갔다. 그의 특기인 "늘 감사합니다. 다이한입니다."는 들리지 않았다.

"어머, 나카가와 씨 왔네. 잘 지냈어요?"

여성의 목소리였다. 무서운 아저씨는 아닌 것 같아서 조금 안심했다.

"네, 덕분에요. 유미코 씨, 오늘 우리 신입을 데리고 왔는데 인사드려도 괜찮을까요?"

"물론 좋지."

유미코라고 불린 여성이 대답했다. 상냥하게 들리는 목소리였다. 하지만 아직 방심할 수 없었다. 틀림없이 표범 무늬나 호랑이 무늬 스웨터를 입은 아마가사키 아줌마가 먹잇감을 노리고 있을 거라고 생각했다.

"오모리 씨, 들어와."

나카가와 계장님의 목소리에 나는 손을 올려 머리를 얼른 다듬고 서둘러 가게로 들어갔다. 가게 안에는 목소리가 주는 그 느낌 그대로인, 그러니까 예상과 달리 우아한 여성이 있었다. 엄마보다 나이가 많다는 것은 알 수 있었다. 50대 후반이나 60대 초반 정도일 것이다.

"안녕하세요, 처음 뵙겠습니다. 다이한 오사카 지사 영업부 오모리 리카입니다. 도쿄에서 태어나서 도쿄에서 자랐습니다. 죄송합니다."

"왜 사과해요? 희한한 아이네."

"죄송합니다."

"또 사과하네."

유미코 씨는 싱글싱글 웃으며 앞으로 와서, 내 두 손을 잡고 미소 지었다.

"리카 씨, 고바야시 서점에 잘 왔어요."

손을 잡힌 나는 이유는 모르겠지만 가슴이 벅차올라서 그저 입을 다문 채 고개만 끄덕였다. 그 모습을 보고 있던 나카가와 계장님이 문득 말했다.

"유미코 씨. 죄송한데 제가 좀 용건이 있어서요. 한 시간 정도 이 녀석을 봐 주실 수 있을까요?"

"네?"라고 대답하는 나를 두고 유미코 씨는 태연한 얼굴로 대답했다.

"한 시간이든 두 시간이든 괜찮지."

'그렇게 긴 시간 동안 나는 뭘 해야 하지?'

"그럼 잘 부탁드립니다."

"그래, 맡겨 둬요."

나카가와 계장님이 가게를 나갔다.

'뭐지, 이 자연스러운 느낌은⋯⋯.'

"저기, 저는 뭘 도와드리면 될까요?"

"아무것도 안 해도 괜찮아요. 손님도 없고."

그 말을 듣고 다시 가게 안을 둘러보았다.

좁다. 분에츠도 서점 도지마점과는 전혀 다르다. 10평도 채 안 될 것 같았다. 가게 전체가 다 한눈에 들어왔다. 중앙에 놓인 책장이 낮기 때문이다. 거의 모든 책이 표지가 보이는 상태로 진열되어 있었다.

소개문이 함께 있는 책도 많았다. 서점에서 책 표지에 붙이는 소개 문구를 보통 'POP'라고 하는데, 잘 표현할 수 없지만 이 가게에 있는 소개문은 어딘가 다르게 느껴졌다.

가게 중앙에는 우산이 많이 놓여 있었다. 정확히 표현하면 봉에 걸려 있다. 서점인데 왜 우산이 있을까? 게다가 큰 글씨로 '그 우산 있습니다.'라는 광고 문구가 적혀 있었다. '그 우산이라니, 어떤 우산?' 그렇게 생각하고 있을 때 유미코 씨가 말을 걸었다.

"서점인데 우산을 팔다니 재미있지?"

내 마음속을 들여다본 것 같은 말이었다.

"원래는 서점을 계속하려고 시작한 거야."

"그래요?"

"왜 우리 서점에서 우산을 팔기 시작했는지 궁금해?"

"네, 궁금해요."

나는 바로 대답했다.

"긴 이야기인데 괜찮을까?"

"괜찮을 거예요, 아마."

"자, 목이 마를 테니까 차를 좀 내올게. 리카 씨도 거기 앉아요."

나는 유미코 씨가 권하는 대로 의자에 앉았다.

이윽고 유미코 씨의 첫 번째 이야기가 시작되었다.

❖

1995년 1월 17일. 한신·아와지 대지진 때의 일이야.

당시에 아마가사키도 꽤 큰 피해를 입었지. 그야 물론 고베나 니시노미야, 아와지섬에 비할 바는 아니었으니까 방송으로는 거의 보도되지 않았지만, 여기도 엄청나게 흔들렸어. 정말 무서웠어. 근처에 있는 아파트도 완전히 무너졌고, 죽은 사람도 있을 정도였거든.

이 가게도 책은 전부 책장에서 떨어졌지, 유리는 다 깨졌지, 북쪽 벽까지 내려앉아서 반쯤 무너진 상태였어. 우리 가족은 가게 위에서 살고 있었거든. 벽이 없으니 비가 내리면 그대로 방까지 쏟아져 들어왔어. 비가 내릴 때마다 2층이 흥건하게 젖어서 참 가관이었지.

그 벽이라도 고쳐야 생활이 될 것 같은데, 건축 사무소에서 보내온 견적서를 보고 심장이 멎을 뻔했지 뭐야. 얼마였을 것 같아? ……무려 800만 엔.

아, 그래요, 하고 쉽게 낼 수 있는 돈이 아니지? 이미 가게 운영 자금을 빌린 상태라 은행에 더 빚을 질 수는 없었어. 하지만 어떻게든 해결을 해야 했지.

일단 저금을 탈탈 털고, 보험이든 뭐든 해약할 수 있는 건 전부 해약했어. 간신히 빚을 늘리지 않고 집을 고칠 수 있었지.

하지만 그때 뼈아프게 느꼈어. 이제 물러설 곳이 없다. 정말 벼랑 끝이다. 안 그래도 시장을 찾는 사람의 발길도 예전 같지 않았어. 대형 서점에 밀려서 우리같이 작은 책방에는 점점 손님이 오지 않았거든. 거기에 지진이라니. 무슨 수를 내지 않으면 이제 가게를 접는 수밖에 없다 싶었지.

하지만 아버지, 어머니가 물려주신 가게를 내 대에서 망하게 해서야 면목이 없잖아. 게다가 난 책을 정말 좋아하거든. 이런 작은 책방이지만 "꼭 고바야시 서점에서 사고 싶어서요."라고 하면서 찾아오는 손님도 있어. 그런 손님이 있는 한 절대 문 닫고 싶지 않았지. 하지만 책으로 올리는 매상만으로 버틸 수 없었어. 책방을 계속하려면 새로운 팔 거리를 생각해 내야 하는데. 어떻게 해야 좋을까 계속 고민했지.

그러던 어느 날, 잡지 기사 하나가 눈에 들어왔어. 지금도 잊지 못해.

《프레지던트》라는 잡지였지. 우산 회사 운영자의 인터뷰가 실려 있었어. '슈즈셀렉션'의 하야시 히데노부 씨였지. 젊었을 때는 치료원이나 음식점에도 손댔지만 마흔이 되었을 때 자기에겐 우산밖에 없다는 생각이 들어서 다른 점포는 모두 정리한 후 우산 전문 메이커로 거듭난 사람이라지.

처음에는 해외 고급 브랜드들의 위탁을 받아서 우산을 만들었대. 여러 회사에서 주문이 들어와서 돈은 충분히 벌었지만, 오리지널 우산으로 겨루고 싶다는 야심을 버리지 못한 거야. 1,500엔에 납품한 우산이 유명 브랜드 로고를 달고 만 엔에 팔리는 것을 보았으니까. 한 사람이 그런 비싼 우산을 평생 몇 개나 살까? 하야시 사장은 자기가 만든 우산을 전국민이 들게 하고 싶다고 생각했어. 아마 계속, 계속 생각했을 거야. 줄곧 일본 안에서만 생산하다가 공장을 중국으로 옮기기로 과감히 결심했지. 모두가 깜짝 놀랄 만한 가격을 단 고품질 우산을 만들

기 위해서. 당시 접는 우산의 평균 가격은 3,000엔쯤이었
으려나. 그보다 품질이 좋은 우산을 택시 기본요금보다
싼 500엔에 팔기로 했어. 원자재나 생산 라인을 철저하
게 검토했지. 이런 노력 끝에 완성한 것이 워터프론트 '슈
퍼 밸류 500'이라는 뛰어난 우산이라는, 그런 내용의 기
사였어.

　이 기사를 읽은 순간 '이거다!' 하는 느낌이 찌르르 왔
어. 하야시 사장의 사고방식에도 감명을 받았고, 그렇게
좋은 우산이라니 우리 가게에서 팔면 잘 팔리지 않겠어?
그런 생각이 들자 즉각 행동에 나섰지. 전화번호를 찾아
서 바로 그 회사에 전화를 건 거야.

　[여보세요, 그 우산을 우리 가게에서 팔고 싶은데요.]

　[우산 가게세요?]

　[아니에요.]

　[잡화상?]

　[아니에요.]

　[그럼 무슨 가게세요?]

　[책방입니다.]

그랬더니 수화기 너머에서 담당자가 순간 말을 잃더니,

[책방에서 우산을 취급하는 예는 없었는데요.]

이러는 거야. 난 틈을 주지 않고 이렇게 대답했지.

[그 회사 우산을 파는 일본 최초의 책방이 되면 되지요.]

하도 필사적으로 달라붙으니까 어쩔 수 없다고 생각했나 봐. 이틀 후, 도쿄에서 슈즈셀렉션 영업사원이 찾아왔어. 지금은 높은 자리에 올라서 관록도 붙었지만, 그때는 꽤 젊어서 아직 어린애라는 느낌이었지.

찾아온 시간이 저녁 6시쯤이었나. 그 사람에게 내 열렬한 마음을 퍼부었어. 꼭 댁네 우산을 팔고 싶다고. 정신을 차려보니 밤 8시더라고. 두 시간이나 지난 거지. 그때까지 말없이 내 이야기를 듣던 영업사원이 입을 열었어.

"사장님이 어떤 마음이신지 잘 알겠습니다."

됐다, 열정이 통했다고 생각했는데 웬걸 냉정한 말투로 이렇게 말하는 게 아니겠어?

"그러니까 아무래도 좀 무리라고 생각합니다."

'왜? 왜 그렇게 말하지?' 싶었지.

"제가 벌써 두 시간이나 이 가게에 있었는데 손님은

딱 세 명이었습니다."

분명 그 말이 맞았지. 아픈 곳을 찌르더군. 사실 그 시
간대는 손님이 하나도 오지 않을 때도 있으니까 세 명이
면 많이 온 편이었어. 그는 계속 말을 이었지.

"죄송하지만, 이렇게 손님이 적게 와서는 우산이 팔리
지 않습니다. 우산은 책과 달리 반품 제도가 없어요. 매
수입니다. 보통 위탁 판매만 해 온 서점에서는 어려울 거
예요. 저희는 팔면 끝이지만, 고바야시 서점의 리스크가
너무 큽니다. 단념하시는 편이 좋을 것 같습니다."

노골적인 지적에 울컥했지만 객관적으로 보면 옳은 판
단이었으니까 어쩔 수 없었지. 하지만 그런 이야기를 듣고
나니 그 우산을 입고해서 팔고 싶다는 마음이 더욱 커졌
지 뭐야.

일단 이 젊은 영업사원과 회사에 꽤 호감이 생겼어. 생
각해 봐. 도쿄에서 교통비까지 들여서 여기까지 온 거니
뭐라도 팔아야 맞지. 그냥 가면 보통 적자가 아니잖아.
그런데 '팔지 않겠다.'라고 하네? 정직한 직원이고, 회사
에서 그렇게 교육을 받았다는 의미겠지. 점점 더 슈즈셀

렉션이라는 회사가 마음에 들었어.

게다가 이 영업사원 청년은 모르겠지만, 나도 폼으로 이 동네에서 그 오랜 세월 동안 책방을 해 온 게 아니거든. 이런 변두리에 있는 조그마한 책방이지만 출판사가 표창을 줄 정도로 책을 판 적도 몇 번이나 있지. 우산을 못 팔아 볼쏘냐. 지기 싫어하는 성미에 불이 붙은 거야. 대금은 선불로 내겠다, 절대 폐를 끼치지 않겠다, 그러니까 일단 한번 팔아 보게나 해 달라고 하면서 놔주지 않았어.

"알겠습니다. 그렇게까지 말씀해 주시니 영광입니다. 하지만 우리 상품은 그냥 두면 알아서 팔리는 제품은 아닙니다. 이 우산의 좋은 점이 무엇인지 손님들에게 제대로 설명해 주시길 바랍니다. 고바야시 씨가 하실 수 있을까요?"

"누구한테 하는 말인지 알고나 있는 거냐!"

물론 이건 속으로만 한 말이야. 우리 가게에서 조용히 팔려 나가는 책은 한 권도 없었거든. 그래서 "저는 상품을 보여 드리고 제대로 설명해서 파는 걸 제일 좋아해요." 이렇게 잘라 말했지. 그 말을 듣자 드디어 최소 수량을 입고할 수 있게 해 주더라고.

이리하여 고바야시 서점에 우산 250개가 들어왔지. 생각해 보니까 그때가 5월 초였네. 일 년 중에서도 가장 비가 안 내리는 시기.

그래도 꼭 팔아야 했어. 무슨 짓을 해서든 이 우산을 다 팔아서 다시 매입할 수 있게 해 놓지 않으면 도망갈 곳이 없었거든.

우선 가게에 오는 손님에게 추천했어. 늘 주간지를 사러 오는 손님 앞에서 우산을 펼치며, "우산을 팔기로 했는데, 이게 보통 좋은 우산이 아니에요."라고 설명했지. 그랬더니 손님이 좋아 보인다며 한 개에 얼마냐고 물어보더라. "500엔"이라고 대답했더니 너무 싸다고 기뻐하는 거야. 이렇게 단골손님들에게 추천했더니 차례차례 팔려 나갔어. 하지만 오는 손님 자체가 적으니까 대단한 수는 아니었어.

좋아, 그렇다면 밖으로 나가 보자. 이렇게 마음을 먹었지. 배달용 손수레에 책과 우산을 싣고, 덜컹덜컹 큰 소리를 내며 시장을 걸어 다니기로 했어. 다들 서로 아는 가게 사람들이니까 무슨 소리인가 하고 나와서 묻더라고.

"무슨 일이야? 우산을 다 싣고."

"이번에 우산을 팔아 보려고 하거든. 물건을 실제로 보고 싶은 사람이 있대서 배달하는 중이야."

사실은 보고 싶다는 사람은 아무도 없었지만 말이야.

"오호라, 우산?"

흥미를 보이면 내가 이긴 거지. 딱 꺼내서 펼치면서 자세하게 설명하는 거야.

"봐. 이 우산은 살이 16개나 있어서 여간 튼튼한 게 아니야. 그런데 얼마일 것 같아?"

"2,000엔쯤?"

"단돈 500엔."

"이야, 그건 싸다."

"이게 남성용, 이건 어린이용."

"그럼 나랑 신랑, 애들 것 합쳐서 3개 살게. 괜찮아?"

"괜찮지, 그럼. 다 팔리면 다시 가지러 가면 되지."

이렇게 자꾸 팔리는 거야. 1주일 동안 손수레를 덜그럭덜그럭 끌면서 시장을 다닌 결과 마침내 우산 250개를 전부 팔았지. 바로 슈즈셀렉션 영업사원한테 전화를 걸었어.

[입고한 우산을 다 팔았어요.]

[정말이세요?]

아주 놀라더라고. 덕분에 우산을 또 들여올 수 있었지. 그런데 곧 문제가 생겼어. 일단 시장 사람들에게 다 팔고 나니까 팔림새가 딱 끊긴 거야. 왜? 그야 '튼튼해서 잘 고장 나지 않는 우산'을 판 거 아니야. 튼튼해서 고장이 안 나니 한 번 사면 다시 살 일이 없는 거지. 같은 물건은 2개, 3개 필요 없으니까. 너무 허무한 결말이지? 하필이면 장마도 끝날 무렵이어서 양산밖에 팔리지 않았어. 아, 안 돼. 어떻게든 팔아야 하는데.

그러던 어느 날, 아주 까맣게 탄 손님이 가게에 온 거야.

"바다라도 다녀오셨어요?"

"아니에요, 프리마켓에서 옷을 팔다가 이렇게 탔어요."

프리마켓? 또 찌르르 느낌이 왔지. 흥미진진해서 계속 질문을 퍼부었어.

"장사하는 사람도 참가할 수 있어요?"

"반은 프로일걸요?"

연락처를 물어보고 바로 전화를 걸었지. 당시 JR아마가사키역 앞에는 큰 공터가 있었거든. 원래는 기린맥주 공장이 있던 장소였어. 지금은 큰 쇼핑몰이 생겼지만 말이야. 거기서 서일본에서 가장 큰 프리마켓이 열렸어. 일단 한번 해 보자는 생각으로 신청했지.

당일에는 아빠가 행사장까지 데려다줬어. 차에 우산을 싣고. 아, 아빠는 애들 아빠. 양옆을 어깨너머로 훔쳐보면서 나도 가게를 차렸어. 애들 아빠는 책방을 봐야 하니까 준비만 도와주고 돌아갔지.

처음에는 손님이 한 명도 오지 않았어. 우산? 그게 다야? 하고 피해 가는 거지. 아주 화창한 날이었고, 우산은 아무 쓸모도 없었어.

이거 가만 앉아 있어서는 안 팔리겠구나. 바로 깨달았지. 움직임이 필요하다는 생각이 들어서 우산을 펼쳤다가 접으며, "우산입니다, 한번 보고 가세요." 하고 소리를 높이기 시작했어. 그러자 효과는 바로 나타났어. 이쪽으로 시선을 던지는 손님이 나오기 시작했거든. 눈이 마주치면 내가 이긴 거지. 얼마나 좋은 우산인지 설명하고 가격을 말하면 바로 팔리는 거야. 재미있는 게, 사람이 멈춰 서 있으면 다른 사람들도 무슨 일인가 싶어서 자꾸 모여들거든. 하나, 둘 우스울 정도로 팔려 나갔어.

그런데 두 시간쯤 그러고 있었더니 문제가 생겼어.

그래, 화장실. 다른 가게는 보통 두세 명이 같이 보거든. 혼자 하는 건 나뿐이었어. 장소도 좁은데 왜 저렇게 여럿이 있나 이상하게 생각했는데 이유를 안 거지. 화장실은 또 얼마나 멀리 있던지. 하지만 참는 데도 한계가 있으니 옆 가게 사람에게 가게를 봐 달라고 했어.

알겠다고 하더니 이렇게 말하는 거야. "손님이 오면 팔아 볼게요. 우산살이 16개 있어서 이렇게 튼튼한데 단돈 500엔. 아침부터 아줌마 설명을 계속 들었더니 이제 아주 외웠어." 화장실에서 돌아와 보니 정말 4개를 팔았더라고.

아침 10시부터 오후 4시까지 쉬지 않고 우산을 팔았어. 자, 얼마나 벌었을까?

200개 팔고 10만 엔.

엄청나지? 하지만 난 기분이 복잡했어. 왜냐고? 장사는 역시 장소라는 걸 새삼 깨달았거든. 이제까지 나는 입지가 장사의 전부는 아니라고 믿으며 그 오랜 세월 가게를 해 온 거야. 입지 같은 건 의욕이나 수완으로 만회할 수 있다고 고집스레 믿었지. 그러니까 고바야시 서점처럼 아무도 앞을 다니지 않을 것 같은 장소에서도 장사를 했지. 하지만 분하게도 알아 버렸어.

'역시 손님이 많이 다니는 장소에서 팔면 이렇게나 잘 팔리는구나.'

물론 고바야시 서점을 옮길 수는 없어. 하지만 가게에 앉아서 기다리는 데는 한계가 있지. 자, 그럼 내가 먼저 사람이 있는 곳으로 가서 이 우산을 팔아야겠다. 이렇게 결심했어. 서점을 계속하고, 책을 계속 팔기 위해서 말이야. 일요일에는 이렇게 사람이 모이는 곳으로 가서 우산을 팔기로 했어.

온갖 프리마켓을 다 다녔지. 아마가사키뿐 아니야. 고베, 오사카, 교토까지 갔어. 어디에서든 잘 팔렸지만, 몇 개월 지나자 중요한 사실이 보였어. 뭐냐고?

프리마켓이란 것은 기본적으로 비가 오면 중지된다는 사실이지. 당연하다면 당연한 얘기인데 처음으로 중지되었을 땐 정말 충격이었어. 이렇게나 많이 들여놨는데 이 우산들을 이제 어떡하나. 원래는 비 오는 날 제일 잘 팔리는 게 우산인데, 비가 오니까 팔 수 없다니 황당해서 웃음이 나지? 하지만 웃을 때가 아니었어. 진지하게 고민해야 했지.

그때, 고베 히가시나다구 오기에 있는 선샤인워프라는 쇼핑몰에서 연락을 해 왔어. 원래는 페리 승강장이었던 곳에 세워진 쇼핑몰인데 그 무렵 막 생긴 참이었지. 매달 한 번씩 프리마켓이 열려서 나도 몇 번 참가했거든. 우리 가게 물건이 잘 팔리는 걸 선샤인워프 사무국 사람이 보고 있던 거야.

"우산 가게는 매번 손님이 몰리죠? 그래서 할 얘기가 좀 있는데."

내가 '책방'을 하는지는 꿈에도 모를 테니 완전히 '우산 가게' 취급이었지.

"건물과 건물 사이 통로에는 지붕이 있으니까 임시 점포로 빌려주기도 하거든요. 프리마켓 참가비보다는 좀 비싸겠지만, 비가 와도 열 수 있고 넓으니까 매주 가게를 내 보시면 어때요? 우산 가게가 들어오면 손님을 끌 수 있으니까 우리도 좋고요."

운 좋게 입점 매장 중 우리처럼 우산을 파는 곳이 없기도 해서 이런 제안이 온 거야. 참 감사한 일이지. 무엇보다 비가 와도 중지될 일이 없다는 게 말이야. 여기저기 떠도는 건 역시 피곤했거든. 그 후로는 특별한 이벤트가 있어서 다른 곳에 가야 하는 날 말고는 선샤인워프의 지정석에서 우산을 팔게 됐어.

그렇다고 아무 말 없이 앉아 있어도 팔릴 정도로 편하진 않았지. 우산 가게는 수수하잖아. 지나가던 사람도 우산이란 것을 알아보면 그냥 지나치거든. 프리마켓처럼 축제에 놀러 오는 기분으로 방문하는 사람들하고는 또 달랐어. 그 상황을 바꾸기 위해서는 눈길을 끌 만한 무언가가 필요했지. 나는 '말의 힘'을 빌리기로 했어. 우선 홍보 깃발을 세우자. 거기에 쓴 문구가 바로 여기에도 있는 말이야.

'화제의 그 우산 있습니다.'

이렇게 '화제의'라는 말을 붙이면, '흠, 그래? 이 우산이 화제구나.' 하고 생각하지 않겠어? 사실 화제로 삼고 있는 건 나뿐이지만 말이야. 거기에 '그 우산'이라고 하니 '무슨 우산?'이라는 의문이 따라오지. 손님이 "화제의 그 우산이 뭐예요?" 하고 물으면 내가 이긴 거야. 설명을 시작하면 대부분 사게 되거든. 그리고 마음을 담아 이런 문장을 썼어.

우산은 애정입니다.
당신이 차가운 비에 젖지 않기를,
당신이 뜨거운 햇살에 지치지 않기를.
고민하고 고민하여 만든 이 하나의 우산.

우산은 애정임을 절실히 느낍니다.

괜찮은 글이지? 내 입으로 말하지 말라고? 그런데 정말 그렇게 생각하거든. 이 글을 보고 흥미를 느낀 사람도 있었어.

책방을 계속하고 싶어서 우산 장사를 시작했는데 뒤돌아보니 벌써 13년이 흘렀네.

책도 사랑하지만, 우산도 사랑하게 됐어. 책방을 계속하려고 우산을 팔았지만 한 번도 부업이라고 생각한 적은 없었어.

일단 우산을 만든 업체부터 부업으로 팔아도 상관없다고 생각하진 않을 거 아니야? 열심히 만든 우산이고, 직원들의 생활이 걸려 있는 우산이니까. 그렇게 생각하면 나도 죽을 각오로 팔아야 하는 거지. 죽을 각오로 만든 사람의 마음을 전달할 의무가 있잖아. 그러니까 우산을 팔 때 우리는 우산 가게야.

요즘은 다이한도 잡화나 다른 상품을 같이 팔면 어떻겠냐고 여기저기에 제안하는 모양이더라. 다른 서점 일에 참견할 처지는 아니지만 정말 좋은 상품이라서 팔려고 하는 건가 의심스럽더라고. 책방만 하면 힘드니까 뭐든 좋으니 좀 팔아서 수입에 보탬이 되면 그만이라는 마음으로 팔려는 거면 큰 실례가 아니겠어? 이야기가 샛길로 빠졌네.

아무튼 그렇게 늘 같은 장소에서 물건을 팔면 얼굴 아는 사람이 늘어나거든. 지금은 재구입이 70퍼센트 정도 되려나. 여기에도 또 재미있는 이야기가 있는데, 그 이야기는 또 다음에 해 줄게.

유미코 씨의 이야기는 듣는 재미가 있어서 마치 라디오를 듣는 것 같았다. 한편으로는 유미코 씨가 얼마나 진지한 자세로 일에 임하는지도 잘 알 수 있었다. 그에 비하면 나는 어떨까? 딱히 일에 열정도 느끼지 못하고, 책도 그다지 좋아하지 않으며, 회사에 애정도 없다.

"우리 가게 얘기가 별로 재미없었어?"

내가 심각한 얼굴을 하고 있는 것을 알고 유미코 씨가 걱정스러운 듯 말했다.

"그런 게 아니라, 저는 유미코 씨처럼 일에 열정을 느끼지 못하는 것 같아서요."

"그거야 당연히 그렇지. 이제 막 일하기 시작했다면서."

"그렇긴 하지만요."

"일도 사람이랑 마찬가지야. 조금씩 좋아지면 되는 거야. 아니면 리카 씨는 금방 사랑에 빠지는 타입인가?"

"그건 아니에요."

나는 당황하며 부정했다.

"아니면 천천히 가도 돼. 우리 우산도 그래. 처음에는 책방을 계속하려고 팔았지만, 지금은 책만큼 좋아. 너무 좋아. 그런 거 아니겠어?"

"말씀을 듣고 보니 그러네요. 그런데 저 같은 게 할 수 있을까요?"

"왜 저 같은 거야?"

"네?"

"아니, 왜 '저 같은 게'라고 말하나 싶어서."

"왜 그럴까요?"

"내가 보기에 리카 씨는 부러워할 만한 점밖에 없는데? 그런데 왜 '나 같은 게'라고 할까."

"죄송합니다."

"사과할 거 없어."

"괜히 죄송한 마음이 들어서."

"리카 씨는 우선 상대에 대해 더 아는 것부터 시작하면 어떨까?"

"상대를 더 아는 것?"

"그래. 좋아하려면 우선 상대를 알 필요가 있잖아. 우산을 팔 때도 그래. 팔고 있는 우산에 대해 아는 게 없으면 팔 수도 없어. 예를 들어 이 우산 천은 불소 수지 가공이다, 손잡이는 스테인리스가 아니라 카본이다, 이런 것을 전부 설명한 다음 그래서 좋은 우산입니다, 소중히 써 주세요, 하고 설명해야 겨우 팔리는 거지. 그러면서 우산이 점점 좋아지거든.”

“아, 정말요.”

“우선은 하나씩이라도 괜찮으니까 일이나 회사, 주위 사람들의 좋은 점을 찾아서 좋아해 봐. 그러면 자연히 좀 더 알고 싶어질걸? 뭐든 괜찮아. 모처럼 연이 닿아서 다이한에 들어왔는데 일도 회사도 사람도 좋아하지 못하면 아깝잖아.”

그 말 그대로였다. 울든 웃든 하루의 대부분을 회사에서 일을 하며 보낸다. 괴롭게 일하면 인생의 대부분을 괴롭게 흘려보내는 셈이 된다. 나는 하루에 하나씩 회사나 주위 사람들의 ‘좋은 점’을 찾기로 결심했다.

고바야시 서점을 나오니 온몸에서 기운이 흘러넘쳤다. 무슨 느낌일까. 에너지가 충전된 것 같았다. 회사에 들어와서 처음 맛보는 기분이었다. 시간은 벌써 1시 반을 넘기고 있었다. 그리고 보니 점심 식사도 아직이었다. 그때 저쪽에서 나카가와 계장님이 천천히 걸어오는 모습이 보였다.

“오, 딱 맞춰서 나왔네.”

"네."

"자, 슬슬 점심 먹으러 갈까?"

"네!"

나는 기운차게 대답했다. 나카가와 계장님은 분명 나를 위해 점심 식사도 하지 않고 기다려 준 것일 테다. 그러면서 마치 우연히 지금 일이 끝나서 돌아온 것처럼 데리러 온 것이다. 고바야시 서점에서 있었던 일은 아무것도 묻지 않았다.

'꽤 괜찮은 분이잖아, 나카가와 계장님.'

하루에 한 가지 '좋은 점' 찾기를 바로 달성할 수 있었다.

이상하게도 일, 회사, 주변 사람들의 '좋은 점' 찾기를 일과로 삼자 갑자기 눈에 비치는 풍경이 달라졌다. '나는 운이 좋구나.' 그런 생각이 들었다. 아무것도 모르는 나를 위해 딱히 아쉬울 것 없는 어른들이 몇 명이나 합세해서 다양한 일을 가르쳐 주고 있는 것이다. 자기 시간을 희생하면서. 따지고 보면 수업료를 내도 모자랄 판인데 월급까지 받고 있다. 그렇게 생각하니 다이한은 대단히 좋은 회사라는 생각이 들기 시작했다. 아직 전근대적이고 기강을 다지는 부분도 남아 있지만, 분에츠도 서점의 마사미 씨가 말한 것처럼 나쁜 사람은 없었다.

오사카도 익숙해지니까 그렇게 무서운 곳은 아니었다. 무엇보다 밥이 도쿄보다 싸고 맛있었다. 첫 독립생활도 생각했던 것 이상으로 즐거웠다. 회사에서 준비해 준 집은 처음에 묵었던 비즈니스호텔보다 넓고 쾌적했다. 우메다역에서 네 정거장만 가면 된다는 점도 매력적이었다. 역 앞은 다소 복잡했지만 그 대신 다양한 가게가 있어서 편리했다. 편의점도 몇 개씩 있어서 아이스크림도 비교하며 먹을 수 있었다. 조금 걸어가면 공원도 나왔다. 일, 회사, 주변 사람들에 대해 더 알고 싶어졌다. 무엇보다 책을 다루는 회사에 들어왔는데 책을 너무 모르는 것이 문제였다.

우선 일찍 출근해서 신문을 읽기로 했다. 책 광고를 보기 위해서였다. 매일 신문에 실려 있는 서적 광고만 봐도 지금 어떤 책이 팔리고 있는지 대강 알 수 있다고 들었기 때문이었다. 일반 신문뿐 아니라 《분카츠신》이나 《신분카》 같은 업계지도 훑어보게 되었다. 이해할 수 없는 내용이 더 많았지만 모르는 부분은 나카가와 계장님에게 질문했다. 그러는 사이 조금씩 업계가 안고 있는 문제점도 알게 되었다. 전철을 타고 이동하는 시간은 독서에 할애하기로 했다. 지금까지 읽어 온 책의 양이 너무 적었다. 서점원과 이야기할 때 치명적인 부분이었다.

다시 한번 고바야시 서점을 방문해서 '이제까지 책을 거의 읽지 않았던' 내가 읽으면 좋을 책을 추천받았다.

유미코 씨가 추천해 준 것은 '백년문고*'라는 시리즈였다. '백년문고'는 각 권마다 '한자' 한 글자를 제목으로 정하고 일본과 해외 구분 없이 단편을 세 편씩 모아놓은 앤솔러지 시리즈였다. 시리즈는 모두 합쳐 무려 100권이다. 단편집이니까 전철을 탔을 때 한 편씩 읽을 수 있다는 것이 추천의 이유였다. 초심자에게는 다소 벽이 높은 기분도 들었지만 힘내서 읽어 보기로 했다. 한 권을 완독할 때마다 고바야시 서점에 다음 권을 사러 가자고 생각하면 동기부여가 됐다.

제1권은 『憧(동경)』. 다자이 오사무의 「여학생」, 레이몽 라디게의 「드니즈Denise」, 구사카 요코의 「몇 번인가의 최후」가 수록되어 있었다. 부끄럽게도 이때의 나는 다자이 오

---

* 百年文庫, 일본 출판사 포플러에서 출간된 앤솔러지 시리즈. 2011년 10월 100권으로 출간이 완결되었다.

사무조차 한 권 읽어 본 적이 없었다. 레이몽 라디게나 구사카 요코의 이름은 들어 보지도 못했다.

세 작가의 프로필을 보기만 해도 뒷걸음질 쳐졌다. 라디게는 20살에 병사. 구사카 요코는 21살에 자살. 두 사람 모두 나보다 어린 나이에 죽었다. 다자이 오사무는 39살에 죽었지만, 20살 때 시도한 자살이 미수로 그쳤다. '어째서 이 세 사람의 작품에 동경이라는 단어가 붙었을까?' 궁금했는데, 읽어 보니 다자이 오사무의 「여학생」에는 딱 들어맞는 단어였다. '작가는 분명 아저씨인데 어떻게 여학생의 기분을 이렇게 잘 알았을까.'라고 생각하면서 푹 빠져서 읽느라 내릴 역을 지나칠 뻔했다. 라디게의 작품을 읽었을 때는 '뭐야 이게.'라는 생각이 들었지만, 구사카 요코의 작품을 읽고는 놀랐다. 이런 글을 나보다 어린 사람이 쓸 수 있다니.

이리하여 나는 22살이 되어 처음으로 '문학'을 접했다. 물론 읽는 속도는 거북이처럼 느리고, 전철을 타는 시간도 짧으니까 단편 하나를 읽는 데도 며칠씩 걸렸지만 말이다.

3
작고 오래된 서점을
물려받은 이유

2주 후, 담당 서점이 정해졌다. 주거래처는 연수하며 신세를 졌던 '분에츠도 서점 도지마점'이었다. 점포에 인사를 하러 가니 야나기하라 점장님이 웃으며 맞아 주었다.

"오모리 씨가 우리 담당이 될지도 모른다고 생각했어요."

"네? 정말요? 기쁘네요."

"아니, 그런 예감이 들었다는 거지, 기쁘다고는 말하지 않았는데?"

바로 말꼬리를 잡혔다. 야나기하라 점장님은 도쿄 출신이라지만 오사카에서 오래 살아온 저력이 느껴졌다. 2주

전의 나였다면 아무 말도 받아치지 못했을 것이다. 하지만 그사이 조금 성장했다. 이렇게 말꼬리를 잡는 것이 오사카에서는 일종의 애정 표현이라는 것을 알게 된 것이다. 정말 싫으면 굳이 말꼬리를 잡지도 않는다.

"에이, 점장님은 기뻐하실 줄 알았는데."

나는 괜히 섭섭한 척 말했다. 이런 '플레이'도 비즈니스에 필요한 윤활유라는 것을 이해할 수 있게 되었다. 내가 시도해 봤자 기분만 상하게 할지도 모른다고 생각하면서. 하지만 야나기하라 점장님은 역시 어른이었다. 바로, "농담이에요, 농담. 정말 기뻐요."라고 대답해서 말꼬리 잡기와 받아치기 플레이는 무사히 성립할 수 있었다. 그때 아르바이트생 마사미 씨도 나타났다.

"아, 오모리 씨. 설마 우리 담당이 된 건 아니겠지?"

"죄송합니다. 제가 바로 담당입니다."

"세상에, 진짜?"

마사미 씨는 조금 과장된 몸짓으로 머리를 감싸고 천장을 보았다. 이것도 오사카식 애정 표현이다. 아마도.

"아직 부족하지만 잘 부탁드립니다!"

나는 크게 고개를 숙였다. 마사미 씨는 웃으면서 악수를

청했다.

"어쩔 수 없네. 이미 담당이 되어 버렸으니. 잘 부탁해."

나는 두 손을 내밀어 마사미 씨의 손을 꼭 잡았다.

분에츠도 서점 도지마점 말고도 약 30개의 서점을 담당하게 되었다. 그중 대부분은 작은 동네 책방이었다. 그 안에는 고바야시 서점의 이름도 보였다. 나는 고바야시 서점을 방문할 날을 손꼽아 기다리며 열심히 일하기로 했다.

1주일 동안은 나카가와 계장님과 함께 담당 서점에 인사를 다녔다. 그러면서 동네서점이 놓인 혹독한 환경을 다시 한번 느꼈다. 가게마다 노력하고 있지만 매상은 모두 충분하지 않았다. 모두 고바야시 서점보다 입지가 좋고 규모가 컸다. 고바야시 서점도 어려운 처지에 있을 것임을 쉽게 상상할 수 있었다. 그런데도 유미코 씨의 명랑함과 활력은 어디에서 오는 걸까? 애초에 왜 서점을 물려받은 걸까? 유미코 씨에게 묻고 싶은 것이 산처럼 많았다.

1주일 후 나는 드디어 고바야시 서점을 찾을 수 있었다. 그리고 마침내 유미코 씨가 왜 서점을 물려받게 되었는지 들을 수 있었다.

처음부터 책방을 하고 싶었던 건 아니었어. 그뿐인가? 장사 같은 건 절대 물려받지 않을 생각이었지. 그런데 왜 이 가게를 물려받았냐고? 또 조금 긴 이야기가 될 테니까 각오 단단히 해.

나는 1949년에 태어났어. 아직 전쟁에서 그다지 벗어나지 못한 무렵이었지.

어렸을 땐 이 근처 시장을 걸어 다니는 상이군인도 많이 볼 수 있었어. 상이군인이라는 말, 잘 모를까? 전쟁에서 부상당해 다리나 손이 불편해진 전역 군인을 말하는 거야.

아무튼 그 시절에는 모두 열심히 일했어. 시장에 있는 가게는 어디든 새벽 6시 무렵에 문을 열고 밤 12시까지 영업하는 게 당연했어. 행인들의 발길도 아침부터 밤까지 끊이지 않았고 말이야. 어른들은 모두 묵묵히 일했어. 다들 입 밖으로 꺼내진 않았지만 이렇게 생각했을 거야. 다시는 전쟁이 일어나선 안 된다. 하루라도 빨리 생활을 제자리로 돌려놓아야 한다. 그래서 말없이 일했던 것 아 닐까.

우리 가게도 마찬가지였어. 6시에 열고 12시에 닫았지. 요즘 밤 12시까지 여는 책방은 쓰타야 서점뿐일걸? 당시 에 막 책방을 시작한 부모님은 의욕이 넘치셨겠지.

우리 아버지는 11명 형제 중 다섯째였어. 세 번째 아들 이었지. 초등학교를 졸업하자마자 집에서 나와 아마가사 키에 있는 철물점에서 견습생으로 일하던 중에 징집영장 을 받고 전쟁에 동원됐어. 전쟁이 끝난 후 친척의 주선으 로 엄마와 결혼하게 되었대.

글쎄, 처음 얼굴을 본 게 결혼식 당일이라지 뭐야. 대 체 언제 적 이야긴가 싶지? 그때 부모님에게는 집도, 직장 도 없었어.

그래서 장차 어떻게 할지 고민하다가, 아이에게는 '책 방'이라는 환경이 좋지 않겠냐는 이야기가 나왔대. 마침 먼 친척 중에 책방을 하는 사람이 있었어. 부모님은 그곳 에서 일을 배우고 독립했지.

처음에는 책을 입고하는 것부터 보통 일이 아니었다

고 해. 지금처럼 출판유통회사에서 배달해 주는 게 아니었거든. 오사카까지 전철을 타고 갔다가 책을 구입해서 돌아와야 했어. 큰 보자기를 양어깨에 짊어지고 책을 운반하는 거야. 뭐가 되었든 일단 책이니까 무지막지 무겁지. 그래서 한 번 내려놓으면 제힘으로는 일어설 수가 없어서 늘 주위 사람들의 도움을 받아야 했다고, 어린 시절 아버지가 자주 말씀하셨지.

내가 어릴 적엔 눈을 뜨면 벌써 가게가 열려 있었고, 잘 때까지 문을 닫지 않았지. 일요일도, 공휴일도, 여름방학도, 겨울방학도, 봄방학도 없이 늘 일하셨어. 설날에는 닫아도 좋을 법하지만 우리 가게는 1월 1일부터 영업이야. 그때는 세뱃돈 받은 아이들이 맨 처음 달려오는 곳이 책방이었거든. 그 아이들을 맞이하기 위해 우리 집은 설날도 없었어. 운동회 때도 엄마가 점심시간에 도시락을 들고 와서 함께 먹으면 끝이었어. 경기는 보지도 않고 돌아갔지. 수업 참관일에도 얼굴만 잠깐 내밀 뿐, 엄마가 왔다고 기뻐하며 다시 뒤를 돌아보면 벌써 사라진 후였어. 지금 생각하면 그렇게 바쁜 와중에 얼굴을 비치는 것도 보통 일이 아니었을 거다 싶어.

하지만 그땐 어린애였으니까 모르지. 책방의 이런 모습, 저런 상황이 그저 너무 싫었어. 물론 부모님이 열심히 일하는 건 알았지만, 아이 마음엔 장사라는 게 너무 싫어서 견딜 수 없었던 거야.

말할 것도 없지만 가족 여행 같은 것은 꿈보다 더 꿈 같은 얘기였지. 부모님은 우리를 가엾게 여기셨던 것 아닐까. 여름방학에는 나와 동생만 친척 집에 보내서 시골 생활을 맛보게 해 주셨어. 교토 미야즈 해변, 아마노하시다테 근처. 그런데 그게 또 어린애한테는 마음이 무거워지는 일이었지 뭐야.

1학기 방학식 날, 엄마가 나와 동생을 오사카역까지 데려다줬어. 여름방학 숙제랑 함께 기차에 태우는 거지. 몇 시간이나 걸렸더라. 그동안을 동생이랑 계속 앉아 있어야 했어. 정말 외롭고 불안했지. 그래도 내가 언니니까 그런 마음도 드러낼 수 없었어. 역으로 마중 나온 삼촌을 보고 정말 마음이 놓였던 게 기억나.

하지만 그때부터 큰일인 거야. 한 달에 걸친 시골살이

가 시작되니까. 이래 봬도 우리는 도시 애들이었어. 시골 살이에 쉽게 익숙해질 리가 없지. 가장 힘든 게 먹는 거. 상에 올라오는 음식은 거의 밭에서 따 온 채소였어. 나는 그래도 참고 먹었지만 동생은 전혀 먹질 못했지. 그러고 있으니까 맞은편에 앉아 있던 할머니가, "먹기 싫으면 먹지 말어!" 하고 진짜 화를 내시는 거야. 그것 말고 다른 먹을 건 아무것도 안 나왔어.

지금 생각하면 참 잘 돌봐 주셨구나, 진심으로 그런 마음이 들지만 그때는 그저 향수병을 앓으며 빨리 집에 돌아가고 싶다는 마음뿐이었지. 하지만 아무리 쓸쓸해도 엄마가 데리러 오는 건 8월 15일로 정해져 있었어. 오봉* 성묘를 겸해서 왔다가 우리를 데리고 그날 돌아가는 거야. 아마가사키로 돌아간다고 생각하면 정말 기뻤어.

사실 나는 초등학교 3, 4학년 때 따돌림을 당한 적이 있어. 오른쪽 뺨에 있는 흉터가 발단이었지. 3살 때 시골

---

* 음력 7월 15일에 해당하는 8월 중순 무렵에 찾아오는 일본의 명절.

툇마루에서 떨어져서 아홉 바늘이나 꿰맨 자국이 있거든. 요즘 같았으면 흉 지지 않게 치료했을 텐데. 그땐 그런 게 없었지.

아이들은 참 아무렇지 않게 다른 사람 몸을 두고 놀리잖아. 슬펐지만 일하느라 바쁜 부모님께 말할 수가 없었어. 학교도 가기 싫었는데 어린 마음에도 그런 말을 하면 안 된다는 걸 알았어. 집에 돌아와서는 밖으로 놀러 나가지도 않고 매일 집 안에서 울었어. 집에 있는 면도기로 이 상처를 떼어 내면 없어지는 것 아닐까……. 그런 바보 같은 생각도 했지.

그렇게 어두운 4학년을 보내던 중에 이시카와현에서 온 남자 선생님이 새 담임이 된 거야. 그 선생님이 내가 작문을 좋아한다는 것을 알아채고는 매일 아이들에게 글을 쓰게 하셨어.

그게 얼마나 즐겁던지. 쓰고, 쓰고, 마구 썼지. 그걸 선생님이 가제본해서 문집으로 만들어 주셨어. 선생님은 잘 쓴 글을 골라 읽어 주곤 하셨는데 3번에 1번은 내 글이 꼭 읽혔지. 그게 참 큰 격려가 됐어.

그러다 보니 어느샌가 따돌림 같은 건 별거 아니라는 생각이 들더라. 사실 흉터는 내 힘으로 어떻게 할 수 있는 것도 아니잖아. 그런 신체적 특징을 가지고 사람을 괴롭히다니, 악질 중의 악질이야. 괴롭히는 사람이 나쁘다는 걸 깨달은 거지. 그리고 그런 쓸데없는 일을 복잡하게 고민했던 나 자신도 바보 같았어. 냉정해진 거야.

아마 엄마는 내가 따돌림당하는 걸 알고 계셨을 거야. 아무리 감추려고 했어도. 엄마도 나만큼 마음이 아팠겠지. 이제 알아. 나도 엄마가 된 지금은 알 수 있어…… 아, 엄마가 선생님에게 무슨 말을 한 거구나.

덕분에 쓰는 일의 즐거움을 실감할 수 있었지. 잘 쓰려고 책도 엄청나게 읽었어. 처음으로 책방집 아이라 다행이라고 생각한 게 그 무렵일지도 몰라. 이런저런 일을 겪으며 중학생이 되었을 무렵엔 내 뺨에 흉터가 있다는 사실조차 까먹게 됐어.

그래도 아직 책방을 물려받을 마음은 전혀 없었지. 사실은 고등학교 국어 선생님이 되고 싶었거든. 그러려면 대학에 가야 했고.

그런데 아버지가 반대했어. 나한테 '고바야시'라는 성을 잇게 하고 싶으셨나 봐. 그러려면 사위를 양자로 데리고 와야 하는데, 지금은 상상하기 힘들지만 그땐 4년제 대학을 나온 여자를 위해 처가에 양자로 들어와 줄 남자는 없다고들 생각했어.

아버지도 그런 사고방식을 가지고 있었지. 나도 아버지를 거스르면서까지 대학에 가서 국어 교사가 되고 싶다고는 말할 수 없었어. 부모님이 계속 힘들게 일하는 모습을 봐 왔으니까 그런 이기심을 부릴 수 없었지. 아버지는 "단과 대학은 괜찮다."라고 말했지만, 그럴 거면 차라리 일찍 일하는 게 낫겠다 싶어서 고등학교를 졸업하고 취직했어.

큰 유리 제조 회사였어. 실은 거기서 아빠, 아, 그러니까 남편을 만나서 사귀다가 결혼하게 된 거야. 사내 결혼. 게다가 남편은 아버지 희망대로 고바야시 가문의 호적에 이름을 올려 줬지. 나는 장사꾼이 아니라 회사원의 아내가 되었어. 바라던 대로 말이야. 그리고 모두 행복하게 살았습니다, 이렇게 끝날 줄 알았는데.

결혼하고 우리는 사택에 살게 됐는데, 그게 또 아마가사키였어. 결혼해서 겨우 독립했는데 본가 바로 근처에 살게 된 셈이지. 그때는 사내 결혼을 했으면 여자 쪽이 퇴직을 한다는 게 암묵적인 규칙이었어.

나는 이제 일이 없으니까 낮에 한가했지. 할 일도 없고, 고바야시 서점에서 일을 돕기로 했어. 그러다가 발목을 잡힌 거지.

웬일이야, 책방 일이라는 게 꽤 재미있구나……. 이걸 깨닫고 만 거야. 그때는 반쯤 재미로 했으니까 더 재미있었을지도 몰라.

얼마 안 돼서 딸을 가지게 되었는데 출산한 후에도 아기를 데리고 가게 일을 도우러 갔어. 딸이 한 살이 되던 해, 동생이 결혼하면서 집을 나가게 되었지. 남는 방이 하나 생긴 거야. 그걸 계기로 살림을 합치자는 이야기가 나왔고, 남편도 찬성해 주어서 고바야시 서점 위에 들어가기로 했어. 나는 점점 책방 장사에 매력을 느끼며 더욱 빠져들었지.

그렇게 6년이라는 세월이 흘렀어. 그사이 나는 아들

을 낳았지. 딸은 벌써 7살이 되었고. 그때 큰 전환점이 우리를 찾아왔어.

남편이 회사에서 전근 명령을 받은 거야. 근무지는 이바라키현의 가시마라는 곳이었어. 가시마 신사가 있는 곳. 가면 10년은 돌아오지 못한대. 어떻게 해야 하나? 함께 가든가, 단신 부임을 보내든가. 지금이라면 그렇지도 않을 텐데, 그때는 이바라키현이 너무도 멀고 먼 곳으로 느껴졌어. 그때는 요즘과 달리 단신 부임을 가면 오봉이나 설날에나 아마가사키에 돌아올 수 있었지.

"그런 거 난 절대로 못 견뎌."

단호하게 말했어. 혼자선 아이들을 키울 수 없었어. 난 엄마가 되어서도 여전히 나약했어. 그럼 나와 아이들도 이바라키까지 따라가는 수밖에 없지. 부모님은 이제까지 그래 왔던 것처럼 근근이 장사를 이어갈 거고……. 아직 정정하시지만 보통 일이 아닐 텐데……. 괜히 장사를 돕는 바람에 가게나 부모님 걱정을 안 할 수 없게 된 거야. 나는 혼자 끙끙 앓았어. 그때 남편이 이렇게 말해 줬어.

"회사를 그만둘까."

111

"뭐?! 왜?"

"생각해 보니까 내 앞엔 두 가지 길이 있더라고. 그러면 장사를 해 봐도 좋지 않나 싶어서."

"하지만 당신 회사를 좋아하잖아. 그만둬도 되겠어?"

"그야 좋아하긴 하지만……."

'역시 이 사람, 무리하고 있구나.'라고 생각했지.

"하지만 가족과 함께 살아야 인생의 마지막 날에 후회하지 않을 것 같아."

"그래도 이렇게 작은 가게는 벌이도 변변치 않을 거야."

"비바람을 피할 수 있고, 우리 가족이 먹고 살아갈 수 있으면 됐어."

그 한마디에 내 마음도 단단해졌어…….

"난 장사를 해 본 적이 없으니까 당신이 앞에 나서야 해. 할 수 있겠어?"

그 말에 이번에는 내 몸이 긴장으로 굳었지.

"응? 내가?"

"그래. 앞으로는 여성의 시대가 온다잖아. 각오는 어때?"

한동안 생각한 후 나는 조용히 고개를 끄덕였어.

그때 남편은 한창 일할 나이인 34살이었어. 안정적인 직업을 포기하고, 연도 없는 장사의 세계로 뛰어들려고 하고 있었지. 무엇보다 자기가 가장 좋아하는 일을 그만두면서까지 가족을 위하고 있었어. 나는 각오를 단단히 다지고 남편의 마음에 응하자고 생각했어. 아니, 응하지 않으면 벌을 받을 거라고 생각했어.

이게 내가 고바야시 서점을 물려받게 된 이유야.

장대한 고바야시 씨의 이야기가 끝났다. 나는 느낀 바를 그대로 이야기했다.

"남편분의 말, 정말 멋지네요."

"그렇지? 정말 멋졌어."

유미코 씨는 쑥스러워하기는커녕 당당하게 자랑스러워했다.

"남편의 그 말이 없었다면 나는 절대 책방을 시작하지 않았을 거야."

"유미코 씨에게도 그런 역사가 있었군요."

"그야 누구에게나 역사가 있지. 리카 씨도 그렇잖아."

"네? 저 같은 사람한테는 아무것도 없어요. 얄팍해요."

"리카 씨. 충고 하나 해도 괜찮을까?"

"어떤……?"

"자기를 비하하는 말을 쓰면 정말 얄팍해져."

"하지만 저 같은 건."

"봐, 또 '저 같은 건'."

"죄송합니다."

"사과할 일은 아니지만, 왜 리카 씨는 그렇게 자기를 낮게 평가할까? 조금 더 자신감을 가져도 괜찮아."

"유미코 씨 말을 듣고 생각했어요."

"무슨 생각?"

"왜 금방 '나 같은 거'라고 말하는 걸까."

"대답은 나왔어?"

"저는 그냥 저를 지키고 싶은 것 같아요."

"지키고 싶다?"

"상대를 실망시키고 싶지 않으니까. 그러니까 처음부터 자기를 낮게 말해서 방어벽을 치는 거예요……. 참 약았죠."

"약았다고 생각하지 않아. 하지만 내가 보기엔 좋은 대학을 훌륭하게 졸업해서 큰 회사에 입사한 걸로 충분히 대단한걸."

"그럴까요?"

"그럼."

유미코 씨와 대화하면 살아 있어도 괜찮다는 마음이 생긴다, 이런 나여도. 어느샌가 고바야시 서점은 나의 오아시스가 되었다.

4
약점이 특별해지는 순간

뜨거운 여름이 끝났을 때쯤, 오사카에 온 지 4개월이 다 되어갔다. 많은 일에 조금씩 익숙해지고 있던 때였다. 거리에도, 독립생활에도, 회사에도, 거기 있는 사람들에게도.

'백년문고'는 이윽고 5권, 『音(소리)』에 들어섰다. 실려 있는 글은 고다 아야의 「부엌의 소리台所の音」, 가와구치 마쓰타로의 「깊은 강의 종深川の鈴」, 다카하마 교시의 「얼룩비둘기 이야기斑鳩物語」였다. 모두 '소리'를 중요한 모티브로 삼은 글이었다. 「부엌의 소리」라는 단편은 요릿집을 경영하던 주인공이 병에 걸려 몸져누운 후, 아내가 부엌에서

119

내는 소리를 들으며 그 마음을 분석한다는 내용이었다. 어떻게 이런 내용을 생각해 내는지 놀라웠다.

이 무렵 나는 낯설었던 오사카의 '소리'에도 조금씩 익숙해지고 있었다. 오사카 사람들의 목소리는 보통 크다(개인차는 있지만). 그 볼륨에 적응이 된 것이다. 물론 사투리는 아직 잘 못하지만, 듣기 실력은 많이 늘었다.

출판업계에 대해서도 계속 공부했다. 전철에서 출판사 광고를 만나면 한참 바라보았다. 아침에는 일찌감치 회사에 가서 판매 데이터를 체크하고 지금 잘 팔리는 책을 확인한다. 책을 소개하는 방송은 녹화 예약을 해 두었다가 나중에 시청했다. 어떤 책이 화제가 되고 있는지 정보를 모아 서점에 전달하기 위해서다. 담당하는 서점은 약 30개지만 매상이 압도적으로 높은 곳은 '분에츠도 서점 도지마점'이었다. 당연히 자주 들여다보게 되었다.

어느 날, 가게를 방문했더니 야나기하라 점장님이 "오모리 씨, 잠깐 괜찮아요?" 하고 창고로 불렀다.

"우리 가게에서만 할 수 있는 특별한 북페어를 열고 싶어서요."

"특별한 북페어요?"

"출판사가 기획해서 가져온 북페어는 자주 했지만 별로 매상으로 이어지지 않아서요. 이제까지 없던 형태의 북페어를 우리끼리 하고 싶어요."

"아하."

"젊은 감성으로 아이디어를 좀 내 봐요."

"알겠습니다. 시간을 좀 주실 수 있으세요?"

"물론이죠. 오모리 씨가 가져올 기획, 기대되네요."

"네, 기대해 주세요."

그렇게 말하고 창고에서 나왔지만, 사실 마음은 이미 묵직한 짐을 짊어진 것처럼 무거웠다. 옛날부터 이런 행사를 기획하는 것이 힘들었던 것이다.

'북페어라……북페어, 북페어, 북페어.'

어느 서점에 가도 북페어라는 단어만 떠올랐다. 비즈니스 서적 코너에서 '기획', '아이디어'라는 타이틀이 붙은 책을 샅샅이 훑어보았지만, 원래부터 아이디어를 잘 생각해 내는 사람이 고안한 방법이라 나에게는 너무 어렵게 느껴졌다. 이때 나카가와 계장님이 떠올랐다.

"제가 살 테니까 맛있는 오코노미야키 집 좀 알려 주세요."

"뭐? 무슨 꿍꿍이야? 무슨 계략이라도 꾸민 거 아니야? 열이라도 나? 설마 회사를 때려치우려고 하는 건 아니겠지."

내가 함께 점심 식사를 하자고 하자 나카가와 계장님은 필요 이상으로 놀란 척했지만, 회사에서 걸어서 10분 거리에 있는 허름하고 작은 가게로 데려가 주었다.

'오코노미야키'라는 글자를 겨우 알아볼 수 있는 낡은 간판.

안에 들어가자 시끌벅적했다. 가게 안은 달착지근한 소스 냄새와 연기로 가득 차 있었다.

"인기 있는 가게인가 봐요."

"여기서 먹으면 다른 가게는 이제 성에 안 차지."

간신히 자리에 앉자 나카가와 계장님이 메뉴를 정해 주었다.

계장님은 익숙한 손길로 철판으로 다루며 오코노미야키를 구웠다.

"한번 먹어 봐. 어때?"

"잠깐만요. 뜨거운 걸 잘 못 먹어서……."

후후 불면서 드디어 한 입 먹어 보았더니 정말 이제까지 먹어 본 적 없는 식감과 맛이 입안에 퍼졌다.

"맛있지?"

"네, 맛있어요!"

"흠, 뭐라고 해야 하나. 도쿄 사람들은 기뻐할 때도 교양이 있구만."

"죽이는 맛이에요!!"

나는 작은 가게 안에 있던 모두가 돌아볼 정도로 큰 소리를 냈다.

"목청 봐라. 아이고, 시끄러워."

나카가와 계장님이 이번에는 부끄럽다는 듯 고개를 숙였다.

"정말 여기서 맛보면 다른 오코노미야키로는 만족할 수 없겠네요."

"그렇지? 어떤 의미에선 불행해진다고 할 수 있지."

나카가와 계장님도 맛있게 먹고 있었다.

잘 보니 어딘가 어린애 같은 얼굴을 하고 있다.

엄청 연상일 거라고 생각했는데 어쩌면 나이 차는 그다지 크지 않을지도 모르겠다.

"생각해 보니까 모처럼 오사카에서 살고 있는데 맛있는

오코노미야키 집도 하나 모르는 거예요. 회사, 서점, 집만 오가고 휴일에는 청소나 빨래 같은 밀린 집안일을 하느라 하루가 다 가고. 계장님도 쉬는 날은 집안일만 하다가 끝나지 않으세요?"

"뭐, 그런 날도 있지."

"안 그런 날도 있어요? 평일에는 빨래나 청소를 하기 힘들잖아요."

"음, 집사람이 해 주니까."

"앗!!"

"뭐?"

"우와! 결혼하셨구나! 몰랐어요! 깜짝이야!"

"그렇게 놀랄 일이야?"

"죄송합니다. 제가 멋대로 독신일 거라고……."

"뭔가 찝찝한데…… 뭐, 됐어."

나는 당황하며 화제를 바꾸어 분에츠도 서점 도지마점의 북페어 건을 상담했다.

"아하. 그 이야기를 하려고 오코노미야키를 쏜다고 한 거구만."

"다른 서점이 하는 행사도 두루두루 찾아보긴 했는데,

감이 안 와서요."

"야나기하라 점장님이 진짜 하고 싶은 건 평범한 북페어가 아니라, 세간의 이목을 확 끌 수 있는 행사겠지."

"이목을 끌 행사?"

"그래. 예를 들면 기노쿠니야 서점에서 했던 '첫 문장으로 고르는 책'이나, 사와야 서점에서 했던 '내가 만드는 띠지 그랑프리' 같은 거."

둘 다 들어 본 적 없었다. 처음 들어 본다는 표정을 하고 있는데 나카가와 계장님이 설명을 이어갔다.

"'첫 문장으로 고르는 책'은 무슨 책인지 확인할 수 없게 커버를 씌우고, 대신 커버에 적힌 책의 첫 문장을 보고 책을 고르는 행사였어. '내가 만드는 띠지 그랑프리' 역시 책을 확인할 수 없게 하고 띠지에 적힌 문구에 의지해 책을 고르는 거였고. 둘 다 엄청난 화제를 불러 모았지. 당연히 책도 많이 팔려 나갔어."

"그런 아이디어는 도저히 생각해 낼 수 없어요."

"그거야 그렇지. 야나기하라 점장도 그렇게 큰 기대를 하는 건 아닐 거야. 그러니까 오모리 씨만의 관점에서 아이디어를 생각하면 돼."

"저만의 관점이라는 게 뭘까요?"

"그건 스스로 생각해야지."

"오코노미야키도 쏘는데 너무해요."

"그럼 힌트. 오모리 씨한테는 큰 장점이 있잖아? 그걸 활용해 봐."

'나의 장점? 그런 것이 있나?'

그때 나카가와 계장님의 휴대전화가 울렸다.

그는 전화를 받더니 특유의 한 옥타브 높은 목소리로 붙임성 좋게 대응하며 "곧 찾아뵙겠습니다." 하고 통화를 마쳤다.

"미안. 지금 바로 가 봐야 할 것 같은데. 이거 정말 오모리 씨가 사는 거지?"

"그럼요."

"자, 그럼 잘 먹었습니다. 어떤 북페어 아이디어가 나올지 나도 기대되네."

나카가와 계장님은 그렇게 압박감만 남기고 가게를 떠났다. 남겨진 나는 북페어 숙제만으로도 마음이 무거웠는데 '나의 장점은 무엇인가?'라는 새로운 문제를 받고 한층 더 마음이 무거워졌다. 아무리 생각해 봐도 대답이 나오지 않았다.

'그래, 유미코 씨에게 물어보자.'

나는 고바야시 서점에 갈 용건을 굳이 만들어서 수시로 방문하곤 했다. 바빠서 성가실 때도 있을 텐데 유미코 씨는 언제나 다정하게 나를 맞이해 주고, 진지하게 이야기를 들어 주었다. 이날도 그랬다.

"오모리 씨의 장점 말이지? 내가 보기엔 너무 많은데."

내 질문에 유미코 씨는 즐겁다는 듯 말했다.

"저는 전혀 모르겠어요."

"그럼 내가 물어볼게. 고바야시 서점의 장점은 뭐라고 생각해?"

"으음."

'고바야시 서점의 장점? 뭐가 있을까.'

갑자기 물으니까 대답이 얼른 떠오르지 않았다.

"장점은 하나도 없는데, 라는 얼굴인데?"

"그렇지 않아요. 아, 유미코 씨의 인품?"

"억지로 생각하지 않아도 돼. 게다가 인품만으로는 책을 팔 수 없잖아?"

"그럴까요?"

"나도 가게를 물려받겠다고 생각했을 때 고바야시 서점의 장점이 뭘까 생각해 봤는데 아무것도 떠오르지 않았어. 일단 팔 만한 게 하나도 없었거든. 이런 작은 책방에는 잘 팔리는 책이 전혀 안 들어와. 물건은 없지, 입지는 불편하지. 규모도 콩알만 하지. 도저히 대형 서점을 당해 낼 수 없을 것 같지 않아?"

"네."

"네, 라니 너무하네."

"죄송합니다."

"농담이야, 농담. 그야 그렇지. 그래서 가게를 물려받기로 했을 때 고바야시 서점만의 장점을 생각했던 거야."

"가르쳐 주세요. 제 장점을 발견할 힌트가 될 것 같아요."

"또 조금 길어져도 몰라."

"괜찮아요."

유미코 씨의 세 번째 이야기가 시작됐다.

❖

내가 막 가게를 물려받았을 땐 원하는 책이 전혀 들어오지 않았어. 베스트셀러는 물론이고, 애초에 신간이 오질 않는 거야. 그땐 만화책의 전성기였는데 특히 『근육맨』이 굉장히 인기였어. 입고만 하면 날개 돋친 듯 팔려 나갈 텐데, 몇 권 안 들어와. 하루 팔면 동이 났지.

추가를 부탁해도 이런 콩알만 한 가게는 뒷전인 거야. 우메다의 큰 책방에는 산처럼 쌓여 있는데 아무리 부탁을 해도 우리 차례는 안 와. 다들 사 버려서 이제 슬슬 보낼 곳이 없어지면 그제야 보내 주고.

이런 불합리한 상황에 정말 속이 상했지만 아무리 화를 내 본들 변하는 건 없었지. 지혜를 짜낼 수밖에 없었어. 어떻게 해야 처음부터 우리 서점에 잘 팔리는 만화나 베스트셀러를 보내 줄까. 남편과 함께 매일 생각하고, 또 생각했어.

그러다가 아이디어 하나가 떠올랐지. 그 무렵 잘 팔리던 만화는 슈에이샤의 『점프』, 쇼가쿠칸의 『선데이』, 고

단샤의 『매거진』, 이 세 권이 압도적이었어. 이 출판사들이 내는 책을 잔뜩 팔면 출판사나 출판유통회사도 우리 가게를 다시 볼지도 모른다고 생각했지. 하지만 애초에 잘 팔리는 베스트셀러나 신간 만화가 안 들어오니까 팔 방도가 없는 거잖아?

그래서 생각한 것이 이 대형 출판사들이 내놓는 '전집'을 파는 거였어. 당시는 어린이를 위한 학습서나 미술, 요리 분야에서 다양한 전집이 기획되고 팔리는 시대였어. 각 출판사마다 매년 두 차례 정도는 냈을 거야. 두껍고 보기 좋은 데다 시리즈가 10권쯤 되니까 가격도 상당히 괜찮지. 가게에서 바로바로 팔리는 종류는 아니라 기본적으로는 사전 예약을 통해 판매하거든. 이런 걸 우리 서점업계에서는 '기획물'이라고 불러. 발매 몇 개월 전에 출판사가 '기획물'을 만든다고 발표하면 서점이 손님의 예약을 따서 파는 시스템인 거야. 발매일 한 달 전에 신청하면 그 수만큼 받아 올 수 있지. 잘 팔리는 만화책처럼 가게 규모로 차별받을 걱정은 없었어.

고바야시 서점 같은 작은 가게가 대형 서점과 동시에

반짝반짝한 신간을 진열할 수 있는 유일한 기회는 '기획물'밖에 없다는 걸 깨달았지. 출판사가 힘을 쏟는 상품인 만큼 어떤 서점이 얼마나 파느냐도 관심의 대상이었어. 출판사만이 아니라 다이한도 마찬가지였어. 그러니 '기획물'을 남들과 비교도 안 되게 팔면 원하는 책이 들어올지도 모른다. 그렇게 생각한 거야.

어느 대형 출판사의 기획물 설명회에 처음으로 참가해 봤어. 요리 전집이었어. 한 권에 1,200엔. 전 12권.

1,200엔은 당시로선 상당히 높은 가격이었으니까 그렇게 쉽게 살 만한 금액은 아니었어. 하지만 '요리'라는 건 어느 집에서나 하는 거니까 얼마나 좋은 책인지 잘 설명하면 나와 관계가 있는 책이구나 생각해 줄지도 모르지. 지금처럼 요리책이 넘치고 인터넷으로 레시피를 간단히 검색할 수 있는 시대는 아니었거든. 레시피에는 그 나름의 가치가 있었어.

설명회에 참가해서 열심히 이야기를 들으며, 이걸 어떻게 전달해야 손님이 '갖고 싶다'고 생각해 줄까 진지하게 고민했지. 우리 서점에서 책을 배달시키는 손님들의 얼굴을 하나하나 떠올리면서 흥미를 보일 것 같은 사람의 이름을 적었어. 설명회에서 돌아오는 길에 그 손님들의 집을 찾아다니며 설명했어. 그랬더니 웬걸, 바로 4건이나 예약이 들어온 거야.

정말 기뻤지! 뛰어오를 만큼. 하지만 기쁘면서 동시에 다른 감정도 밀려왔어.

그래. 엄청난 책임감. 실제 상품도 보지 않고, 아직 그림자도 모양도 없는 물건을 내 말만 듣고 12권이나 전부 구입해 주는 행동에 대한 책임감이었어.

이건 어떤 의미일까 생각했지. 물론 출판사의 지명도도 있겠지. 하지만 그걸 뛰어넘는 '신용'이 있었던 거야.

물론 나를 향한 것만은 아니었을 거야. 비가 오나 바람이 부나 쉬지 않고 성실히 일한 부모님. 언제나 묵묵히 배달 다니는 남편. 이 아마가사키 다치바나 상점가에서 30년 동안 계속 가게를 열어 온 고바야시 서점에 대한 신용이야. 이 신용만큼은 지켜야 한다고 굳게 다짐했어. 그저 우리가 팔고 싶으니까 파는 게 아니라 손님도 사길 잘했다는 마음이 드는 물건만을 제대로 설명한 다음 팔아야겠다고. 최종적으로 사십 세트를 예약받을 수 있었어.

제1권이 발매되던 날, 고바야시 서점 앞에 그 전집의 제1권이 사십 권이나 쌓여 있었을 때 느꼈던 자랑스러움을 지금도 기억하고 있어.

그 일 이후 출판사가 기획물을 낼 때마다 설명회를 들으러 갔어. 내용을 듣고, 그 책이 필요할 것 같은 손님의 집을 하나하나 돌면서 꼼꼼하게 설명한 다음 예약을 받았지. 그렇게 계속하는 사이 출판사나 다이한 영업사원에게 "고바야시 씨, 대단하네요."라는 말을 듣게 됐어.

사실 스스로 생각해도 대단했어. 오십 건, 백 건씩 예약을 따냈으니까. 전국 1위였던 적도 있어. 그렇게 하니까 『근육맨』은 알아서 백 권씩 들어오게 됐지.

그때는 대형 출판사가 기획물 실적이 좋은 서점을 도쿄 호텔로 초대해서 감사회를 여는 일이 자주 있었어. 어느샌가 고바야시 서점도 매년 초대를 받게 됐지.

그게 참 기뻤어. 아무래도 도쿄는 특별했으니까. 그런 곳에 초대받아서 평소에는 만날 수도 없는 대형 출판사 사장님에게 직접 "감사합니다."라고 인사를 받는 거지.

감격하지 않겠어? 바로 몇 년 전만 해도 그런 경험을 할 수 있으리라곤 생각하지 못했어. 그런데 조금 노력했더니 그런 꿈같은 일이 벌어진 거야.

어쩌면 거들먹거리는 것처럼 들릴지도 모르지만, 그런 경험을 고바야시 서점처럼 작은 다른 동네서점들도 하게 해 주고 싶었어. 가슴 떨리는 경험을 한 번이라도 하면 분명 평생 갈 추억이 될 테니까. 힘들고 괴로운 일이 있어도 책방을 계속해야겠다는 마음으로 이어질 거라고 생각했어. 나도 했으니까 다들 사람들도 분명 할 수 있겠다 싶었지.

언제였나, 『일본국어대사전』이라는 큰 사전이 기획된 적이 있어. 이백 권 예약 판매를 달성한 서점은 도쿄로 초청한다는 거야. 힘을 합쳐 모두 함께 도쿄에 가자고 비슷한 규모의 서점을 불러 모았지. 하지만 한 권에 7,000엔이나 하는 사전이었으니까 이백 권씩 파는 게 간단한 일은 아니었지. 그건 절대로 불가능하다고 하는 서점이 있으면 이렇게 말했어.

"안 되면 그만이죠."

오십 권만 팔아도 한 권에 7,000엔이잖아? 매상은 제법 올릴 수 있는 거지. 팔려고 뛰어다니는 동안 새로운 고객을 발굴할지도 모르고 말이야. 결국 다 자기 가게에 도움이 되는 거야. 도전해서 손해 볼 건 하나도 없어. 만약 달성하면 엄청난 감동이 기다리고 있을 거고. 이왕이면 그 감동을 느꼈으면 좋겠다 싶었지. 그냥 하는 말이 아니라 책방을 했더니 힘든 기억만 남아서 가게 문을 닫는 일은 그 누구도 겪지 않길 바랐어.

처음에는 출판사나 출판유통회사에 보고하지 않고 『일본국어대사전』을 팔아 보자는 프로젝트를 계획했어. 달성한 후에 알려서 놀라게 할 생각이었지. 하지만 역시 우리끼리 하니까 별로 재미가 없는 거야. 누가 우리를 응원해 줬으면 했지.

대체 누구냐고? 우리의 고생을 가장 잘 이해해 줄 상대⋯⋯. 그건 출판사밖에 없다는 결론이 났지.

나는 서점 동료들 여섯 명과 함께 마을 회관에 모여서 『일본국어대사전』을 이백 권 팔기 위한 보고회를 열었어. 그리고 출판사의 오사카 지사에서 일하는 직원에게 보러 와 달라고 부탁했지. 아무것도 안 해도 되고 아무 말도 안 해도 되니까, 그저 거기 앉아서 우리가 말하는 걸 지켜봐 달라고. 그러기만 해도 할 맛이 나니까.

그 사람이 보는 앞에서 모두 함께 보고회를 진행했어. 이백 권을 팔기 위해 각 서점이 무엇을 하고 있는지 이야기하는 거지. "이런 사람에게 이런 식으로 말했더니 예약해 주더라." "반대로 이런 이유 때문에 거절당했다." 등등 아무튼 서로가 서로에게 마음껏 떠들어 보는 거야. 그런 보고회를 1주일에 1번씩 열었어.

오로지 팔았다, 못 팔았다만 이야기한 다음에 차도 마시지 않고 헤어졌지. 이 모임을 '딱딱산*'이라고 불렀어.

모두 엉덩이에 불이 붙은 것처럼 열심히 책을 팔았으니까. 그리고 그 여섯 명 중에 무려 세 명이 이백 권 판매를 달성해서 도쿄행 티켓을 손에 넣었어. 대단하지? 목표를 달성한 책방 중에서 한 곳은 나보다 훨씬 나이 많은

---

* 일본 전래 동화. 등장 캐릭터인 너구리의 등에 불이 붙는 에피소드가 있다.

아주머니가 혼자 꾸리는 가게였어. 그런데 7,000엔짜리 사전을 이백 권이나 판 거지! 정말 대단한 일이야. 달성하지 못한 나머지 세 명도 평소라면 생각하지 못할 권수를 팔았어.

"7,000엔짜리 사전을 이만큼이나 팔다니, 정말 재미있었어."

모두 입을 모아 그렇게 말했지. 그리고 다음에 또 같이하자고 말해 주었어. 하지만 난 확실히 거절했어. "다음에는 이번에 했던 사람들이 하나하나 새로운 중심이 되어서 다른 동료들과 함께해야 업계 상황이 더 좋아지지 않겠어요?"라고 하면서 말이야. 늘 내가 앞장서서 같은 얼굴이 몇 번씩 모여 봤자 의미가 없어. 이런 모임을 업계 전체로 넓혀 가야지.

그러고 보니 이런 일도 있었네. 시작은 사이가 좋았던 출판사 사람이 여성지 일로 제안해 온 거였어.

"고바야시 씨, 우리 신년호도 '기획물'처럼 예약 좀 받아 주세요. 매년 12월에 나오니까 6월부터 예약을 받으면 어떨까요?"

그럼 예약을 받으면 되지, 하고 순순히 고개를 끄덕였어. 하지만 막상 해 보니까 어려운 이유를 알겠더라고. 우선 목표 수량이 달랐어. 최소 삼백 권은 팔아야 인정받지. 그 당시 여성지 신년호는 1,000엔에서 1,200엔 정도였어. 원래라면 열 권 파는 게 고작인 서점에서 삼백 권을 판다? 솔직히 말해 무모한 짓이지. 하지만 난 도전해 보기로 했어. 여성지 신년호가 얼마나 수지 타산에 맞는지 설명해서 말이야. 가계부도 따라오지, 설 요리 특집도 있지.

"평소 신세 지던 분들에게 새해 선물로 보내면 어때요?"

이렇게 제안했더니 많은 사람들이 호응했어.

"그럼 엄마한테 보내 드려야겠네."

"언니한테 줘야겠어요."

이렇게 말이지.

"그럼 시댁에도 보내 드려야지. 시어머님도 계시잖아?"

내가 틈을 주지 않고 말하면 재미있게도 이런 대답이 돌아오는 거야.

"1,000엔이면……. 그럼 다섯 권 더 줘 봐요."

참 고마웠지. 이렇게 열심히 팔아서 첫 도전에서 삼백 권을 팔았어. 내가 해서 잘 풀렸으니까, 서점 동료들을 또 불러 모아서 함께 그 여성지 신년호를 팔아 보기로 했어. 그랬더니 가게마다 아주 잘 팔려 나갔지. 그 결과를 보고 출판사 사람이 이렇게 말했어.

"고바야시 씨 대단하네요. 모두 합치면 삼천 권은 될 거예요. 다 모아서 보고하면 포상금이 나올지도 모르는데 그렇게 하면 어때요?"

친절한 마음에서 한 말인 건 알아. 우리한테야 삼백 권이 크지만, 대형 서점과 비교하면 대단할 거 없는 숫자거든. 가게 하나하나 따지면 큰돈은 안 나올 거야. 하지만 합쳐서 삼천 권이라고 보고하면 순위가 올라가서 포상금을 많이 받을 수 있다는 거지. 도와주고 싶어서 말한 걸 거야. 하지만 나는 바로 거절했어.

"그런 건 싫어요."

합치려면 결국 어느 한 가게의 실적으로 모아서 신청하게 되겠지. 다들 평소라면 열 권 팔까 말까 한 걸 죽을 힘을 다해서 몇백 권이나 판 거야. 물론 돈도 받고 싶었지…… 정말 받고 싶었지만, 그 이상으로 자기 가게를 인정받고 싶다는 마음으로 저마다 노력한 거거든. 출판사 사람 입장에서는 기뻐할 줄 알고 한 제안일 텐데 반발하니 난처했겠지만, 그래도 사과한 다음 가게 하나하나를 돌며 포상금을 전달해 줬어. 하지만 가만 생각해 보면 우리가 그렇게 목표를 달성할 수 있었던 건 출판사 사람들이 지켜봐 주었기 때문이잖아.

그래서 모두 함께 출판사 직원들의 노고에 보답하자는 계획을 세웠어. 받은 포상금으로 '호텔 한신'의 연회장을 빌려서 간사이 지사 직원분들을 전부 초대했지. 예산을 다 털어도 점심 식사를 대접하는 게 고작이었지만. 포상금만 노리고 책을 판 게 아니라는 작은 책방의 자긍심을 보여 주고 싶었던 건지도 몰라.

아무튼 이 일은 모두 함께 한 추억으로 계속 남아 있어. 그때 같이한 사람을 만나면 꼭 이 이야기를 꺼내게 되지.

유미코 씨는 마치 어제 있었던 일을 이야기하듯 기뻐하며 말했다.

"그런데 왜 이런 얘기를 하게 됐지?"

"고바야시 서점의 장점이 뭔지 말하다가요."

"그렇지, 그래."

"이제 잘 알겠어요. 고바야시 서점은 대형 서점에는 없는 친밀한 인간관계를 가지고 있다. 그래서 기획물을 그렇게나 파는 것이 가능했다. 이게 고바야시 서점의 장점 아닌가요?"

"그런 셈이지. 작은 데다 불편한 장소에 있으니까 기다리기만 해선 손님이 오지 않아. 그렇다면 내가 먼저 찾아가야지. 그렇게 생각했으니까 달성할 수 있었던 거야. 약점이라고 생각한 것이 가장 큰 장점이 된다고들 하잖아."

"약점이 장점."

"일할 때 리카 씨의 가장 큰 약점은 뭘까?"

"읽은 책이 너무 부족하다는 거예요."

"그렇다면 그게 장점 아닐까?"

출판유통회사에 들어와서 회사 동료나 서점 사람들과 이야기할 때 내가 늘 콤플렉스를 느끼는 부분이 '독서량이 압도적으로 적다는 것'이었다. 이러니저러니 해도 이 업계에 들어오는 사람 중에는 독서가가 많다.

미팅을 하고 있으면 당연하다는 듯 책 제목이 튀어나온다. 내가 모르는 책인 경우가 허다하다. 하지만 일일이 "잘 모르니까 알려 주세요."라고 말할 수 있는 분위기는 아니다. 그런데도 '독서량이 압도적으로 적다는 것'이 장점이 될 수 있을까? 어떻게 생각해야 할까? 여전히 답을 찾을 수 없었다. 그러자 유미코 씨는 내 마음을 들여다본 것처럼 말했다.

"이 업계에는 책을 좋아하는 사람이 많지? 하지만 세상을 둘러보면 책을 좋아하는 사람은 압도적으로 소수야."

"그렇긴 해요."

"그렇다면 리카 씨는 다수의 마음을 안다는 뜻이지."

맞는 말이었다. 지금까지 책을 읽지 않았던 내가 '독서가' 흉내를 내 봤자 대단한 이야기는 할 수 없을 것이다. 대신 독서량이 압도적으로 적기 때문에 책을 읽지 않는 사람의 마음을 알 수 있다.

"감사합니다, 유미코 씨."

"도움이 좀 됐을까?"

"네, 충분히요. 뭔가 개운해졌어요. 북페어, 한번 잘 생각해 볼게요."

나는 그렇게 말한 후 고바야시 서점을 나섰다.

그날부터 열심히 서점을 돌아다녔다. 당연하지만 독서량이 부족한 내가 기발한 북페어를 생각해 낼 수는 없다. 할 수 있는 일은 책을 읽지 않는 사람의 기분을 헤아려서 어떤 북페어라면 책을 손에 들고 싶어질지 생각해 보는 것이었다.

우선 지금 읽고 있는 백년문고 시리즈를 떠올렸다. 유미코 씨가 추천해 주지 않았다면 절대 손대지 않았을 책이다. 그 말은 즉 책 자체보다 추천해 주는 사람이 더 중요하다는 뜻 아닐까? 그럼 누가 추천해 주었을 때 그 책이 읽고 싶어질까?

서점 직원이 이상적이겠지만 그런 관계는 손님이 서점이나 직원에게 큰 신뢰를 가지고 있어야 성립된다. 내가 유미코 씨에게 느꼈던 것처럼. 아쉽게도 손님과 강한 신뢰 관계로 묶인 서점이나 서점원은 많지 않다.

그렇다면 가게가 추천하는 것이 아니라 손님이 손님에

게 추천하면 어떨까? 생각해 보면 우리는 평소에도 다른 손님의 의견을 참고할 때가 많다. 밥을 먹으러 갈 때는 레스토랑 리뷰 사이트를, 호텔에 갈 때는 여행 사이트를 참고한다. 책도 마찬가지로 아마존 리뷰를 참고하지 않나. 파는 사람의 광고 문구보다 상품을 사용하는 소비자의 의견이 더 도움이 된다.

손님이 다른 손님에게 책을 추천하는 북페어가 있다면 재미있을지도 모른다. 유미코 씨는 출판사 기획물 판매에 다른 서점을 끌어들였다. 자신이 받았던 감격을 모두와 나누고 싶다고 생각했기 때문이다. 내가 생각하는 이벤트는 손님이 손님을 끌어들이는 것이다. 책을 고르는 사람도 자기가 고른 책이 서점에 진열되면 분명 기쁠 것이다. 자신이 추천한 책을 전시할 수 있는 북페어가 있다면 그 장면을 확인하기 위해 서점으로 향할 것이다. 서점에 간 김에 다른 책을 살지도 모른다. SNS에 글을 올릴 수도 있다. 문제는 시스템을 어떻게 만드느냐 인데…….

나는 나카가와 계장님에게 조언을 받으며 분에츠도 서점 도지마점 북페어 기획을 완성해 갔다. 그리고 1주일 후,

분에츠도 서점에 혼자 프레젠테이션을 하러 갔다. "오모리 씨가 생각한 기획이니까 혼자서 승부하고 와."라는 말을 들은 것이다. 기획서를 본 야나기하라 점장님은 입을 열자마자 이렇게 말했다.

"백인문고? 타이틀은 재미있는데?"

"감사합니다."

나도 모르게 목소리가 들떴다.

백인문고는 '백년문고'를 따라 한…… 아니 영감을 얻은 제목이다.

"내용도 재미있을지는 아직 모르지만."

점장님 옆에서 듣고 있던 마사미 씨가 혼잣말처럼 트집을 잡았다. 나는 기죽지 않고 설명을 이어갔다.

"'평소 책을 별로 읽지 않는 사람'에게 추천하고 싶은 책을 손님 100명이 한 권씩 뽑는 것이 기획 핵심입니다."

"그래서 백인문고구나. 왜 문고본으로 한정했어요?"

기획서를 넘기며 야나기하라 점장님이 질문했다.

"평소 책을 별로 읽지 않는 사람에게 양장본은 함부로 손대기 힘든 느낌을 준다고 생각했습니다. 가격 면에서도 저렴한 문고본으로 한정하는 편이 좋을 것 같았어요."

"과연."

"또, 같은 손님의 입장에서 고른 책이기 때문에 지금까지 책을 별로 읽지 않았던 사람도 한번 사 보고 싶다는 생각이 들 겁니다. 책 추천인도 북페어가 신경 쓰여서 이 서점 자체에도 관심이 생길 거라고 예상했습니다."

"책을 골라 줄 100명은 어떻게 선정하나요?"

"가능하다면 이 근처 회사를 다니는 사람이 좋습니다. 그러면 손님도 가게에 쉽게 친근감을 느낄 거예요. 책을 고를 사람의 직장이나 프로필을 써 두면 회사 안팎에서 선전해 줄지도 모르고요. 당사자 역시 책이 얼마나 팔리나 궁금해서 보러 올 거예요."

"음…. 재미있을 것 같긴 한데 추천인은 어떻게 모아야 할까요?"

"점포 안에 포스터를 붙여서 모집합니다. 물론 모자랄 수도 있으니까 눈에 띄는 손님이나 단골손님 등 응해 줄 것 같은 사람에게는 직접 말을 걸어서 추천인이 되어 주길 부탁합니다."

"실명이나 프로필을 공개해야 하는 거죠? 과연 100명이나 모일 수 있을까요?"

바로 그 점이 이 북페어의 가장 큰 문제점이다. 이 점에 대해서는 나도 솔직히 자신이 없었다.

"점장님, 모아 보죠."

그때까지 침묵을 지키던 마사미 씨가 입을 열었다.

"손님이 책을 골라 준다는 아이디어, 정말 좋다고 생각합니다. 우리 직원 모두가 계산할 때마다 손님에게 부탁하면 100명은 모을 수 있을 거예요. 아니, 그 정도도 못 모으면 평소에 대체 어떻게 일을 했냐는 얘기가 되는 거죠."

강력한 지원군이었다.

"마사미 씨, 고맙습니다."

"딱히 오모리 씨나 다이한을 위해 하는 말은 아니야. 우리 가게에 도움이 될 것 같아서 그러지."

"안자이 씨가 그렇게 말하니 한번 해 볼까."

"점장님, 감사합니다."

"감사 인사는 저희가 드려야죠. 오모리 씨, 고마워요."

그렇게 말하며 야나기하라 점장님이 손을 내밀었다.

나는 그 손을 단단히 잡았다.

이리하며 내가 처음으로 세운 기획 '백인문고'는 분에츠도 서점 도지마점이 여는 북페어로 채택되었다.

나는 이제까지 상상해 본 적 없는 분주한 나날로 돌입하게 되었다. 우선 '100명의 추천인'을 모으기 위한 포스터와 광고지 제작부터 시작했다. 처음에는 희망자가 도통 늘지 않았지만, 마사미 씨를 비롯한 직원들이 얼굴이 익숙한 손님들에게 적극적으로 권유한 결과 단숨에 늘었다. 약 3주 만에 100명의 추천인을 모을 수 있었다.

그 100명에게 한 권씩 추천 도서를 골라 달라고 한다. 추천하는 이유도 함께 써 달라고 부탁해야 한다. 한 사람, 한 사람에게 연락하는 것만 해도 상당히 시간이 걸렸다. 가게에 없는 책은 주문할 필요가 있었다.

나카가와 계장님부터 시작해 다이한의 동료들이 손을 빌려주었다. 이번처럼 다이한이라는 회사의 존재를 든든하게 느낀 적은 없었다. 물론 야나기하라 점장님과 마사미 씨를 비롯한 분에츠도 서점 도지마점의 직원 모두도 큰 수고를 들이고 있었다. '만약 이 북페어가 실패한다면.' 이렇게 생각하면 위가 아팠다. 아슬아슬할 만큼 시간을 들인 끝에 '백인문고'는 간신히 출발선을 끊었다.

시작은 조용했지만 서서히 반응이 나타났다. 마치 물 한 방울이 수면에 떨어지면 파문이 퍼지는 것처럼.

추천인 중에는 근처 사무실에서 일하는 직장인들이 많았다. 그들이 회사에 돌아가 입소문을 냈다. 그중에는 근처 FM방송국의 진행자도 있었는데 자기 프로그램에서 적극적으로 홍보해 주었다. 방송국 직원이 손님으로 왔다가 오후의 지역 정보 방송에서 언급해 주는 행운도 얻었다. 이를 시작으로 다른 라디오 방송이나 신문 등에도 몇 번인가 오르게 되었다. 파문은 점점 더 크게 퍼졌다.

많은 사람들이 도지마점을 찾고 책을 샀다. 도지마 근처뿐 아니라, 먼 곳에 사는 손님도 찾아오게 되었다. 날이 갈 수록 매장에 열기가 생겨났다. 그 결과 북페어는 큰 성공을 거둘 수 있었다.

북페어를 준비하느라 바빴던 탓에 고바야시 서점을 다시 찾은 것은 지난번 방문에서 2개월이 넘게 지난 후였다.

"정말 잘됐네."

내 보고를 들은 유미코 씨는 자기 일처럼 기뻐했다.

"그때 유미코 씨가 장점에 대해 알려 주신 덕분이에요."

"무슨 말이야. 리카 씨가 스스로 생각해 낸 거지."

"하지만 그 힌트가 없었다면 절대 못 했을 거예요."

"그래서 이번에는 무슨 고민이야?"

"네? 어떻게 아셨어요? 고민이 있다는 걸."

"얼굴에 쓰여 있는데?"

"아유 참. 그럴 리 없는데."

"또 새로운 숙제를 받았어?"

"우와. 딱 맞추셨어요."

"그래서 뭐야?"

"이번에는 이벤트를 하고 싶다고 해서요."

"이벤트?"

"백인문고 북페어가 성공했으니까, 다음에는 화제가 될 만한 특별 이벤트를 생각해 주었으면 한대요."

"오모리 씨한테 거는 기대가 크네."

"하지만 저번에는 어쩌다 잘 풀린 거예요. 이벤트라니."

"나도 큰 이벤트를 열어 본 적이 있지."

"분명 그럴 것 같았어요. 그때 이야기 좀 들려주세요."

"또 길어질 거야."

"각오하고 왔습니다."

나는 의자에 앉아서 유미코 씨의 이야기를 찬찬히 듣기로 했다.

❖

2013년 5월인가 6월에 있었던 일이야. 도쿄에 있는 어느 출판사에 갔는데 그곳 사장님이 이런 말을 하는 거야.

"고바야시 씨, 마침 잘 왔어. 이제 곧 가마타 미노루 선생님이 오시니까 소개할게."

신간에 넣을 사진을 찍으려고 오시는 모양이었어. 깜짝 놀랐지. 의사이자 작가인 가마타 선생님, 나도 엄청난 팬이거든.

가마타 선생님 책 중에는 『노력하지 않는다がんばらない』가 유명하지만, 나는 그 후에 나온 『눈과 파인애플雪とパイナップル』이라는 그림책을 참 좋아했어. 그림책이지만 어엿한 논픽션이야. 체르노빌 원전 사고 구제 활동에 참가했던 가마타 선생님이 현지에서 알게 된 백혈병 소년과 일본에서 온 젊은 간호사의 만남을 그렸거든. 정말 좋은 책이었어! 늘 가게에 진열했고, 아이들은 물론 선생님도 꼭 읽어야 한다는 생각에 아무런 연고 없는 학교에 팔러 갔을 정도야.

그런데 선생님과 직접 만날 수 있다니 흥분을 감출 수 없었지. 5분도 지나기 전에 가마타 선생님이 오셨어. 이런 이야기를 마구 쏟아냈더니 굉장히 기뻐하셨어.

"『노력하지 않는다』를 다들 화제로 삼지만 『눈과 파인애플』은 별로 주목을 받지 못했어요. 그게 내 필생의 역작이었는데. 좋아해 주신다니 정말 기쁘네요."

나도 "그럼 또 한번 열심히 팔아 보겠습니다."라고 대답했지. 아마가사키로 돌아와서 새로 스무 권을 주문했어.

1주일 정도 지났을 무렵이었나, 처음에 말했던 그 출판사 사장님이 전화를 거셨어.

[고바야시 씨, 엄청난 일이 됐어요. 가마타 선생님이 고바야시 서점에서 강연을 하고 싶으시다네요.]

원래 신간 발표 기념 강연회를 도쿄랑 오사카에서 하기로 되어 있었대. 오사카에서는 기오이야 서점 우메다 본점에서만 실시할 예정이었던 것을 가마타 선생님이 아마가사키의 고바야시 서점에서도 꼭 하고 싶다고 말씀하신 모양이야.

정말 깜짝 놀랐어. 강연회 같은 것은 열어 본 적도 없

없으니 어떻게 해야 좋을지 알 수 없었지. 그래서 나도 모르게 "어떻게 하죠?" 하고 물었어. 그랬더니 "어떻게든 저떻게든 하는 수밖에 없죠."라는 대답이 돌아오지 뭐야. 게다가 일정도 이미 정해져 있었어. 날짜를 듣고 나는 다시 한번 기겁했어.

10월 첫 번째 일요일. 공교롭게도 아마가사키 축제 개최일이었던 거야. 그날은 시청 프리마켓에서 우산을 팔기로 되어 있었어. 1년에 1번, 아마가사키에 엄청난 인파가 몰리며 우산도 잘 팔리는 날이거든. 그래서 "그날은 우산을 파는 날이에요."라고 대답했더니, "우산은 다른 사람한테 팔라고 하고, 고바야시 씨는 일단 가마타 선생님이 강연할 수 있는 장소를 확보하세요."라고 하더라고.

맞는 말이야. '우산 장사'는 어떻게든 되겠지만, 가마타 선생님의 강연은 적어도 100명은 들어갈 수 있는 장소를 확보해야 했지.

당장 마을 회관이나 복지 회관, 공공 강당 같은 곳에 문의했지만, 일요일인데다가 시민 축제가 있는 날이니까 이미 전부 예약이 끝난 상태였어. 한 군데 비어 있던 곳이 아르카익 호텔.

고바야시 서점이 주최하는 행사에 호텔이라니, 격이 안 맞는다는 생각은 들어서 출판사에 물어보았더니, "그런 걸 따질 때가 아니에요. 대여비는 우리가 낼 테니까 일단 예약해요."라는 대답이 돌아와서 바로 예약했지.

그렇게 100명이 들어가는 방을 찾긴 찾았는데, 문제는 어떻게 관객을 모으냐 이거야. 물어보니까 강사가 아무리 유명한 사람이어도 서점이 주최하는 강연에서 관객 100명을 모으는 건 상당히 어려운 모양이었어. 큰 소리로 말할 순 없지만 출판사나 유통업체 직원들이 몰래 모여서 빈자리를 채우고 만석으로 만드는 일도 있다고 하더라고. 나처럼 걱정하던 출판사가 이런 뉴스를 알려 왔어.

"신문 광고를 내기로 했습니다. 기오이야 서점과 고바야시 서점 나란히요."

물론 저쪽이 배려를 해 준 것이겠지만, 난 내심 그게 뭐야 싶었어. 신문 광고를 보고 모르는 사람이 모여 봤자 그다지 기쁘지 않을 것 같았거든. 우리 가게도 겉멋으로 60년 동안 다치바나 상점가에서 장사를 한 건 아니란 말이야. 신문 광고 같은 것에 의존하지 않아도 내 힘으로 모아 보이겠다고 생각했어. 단골손님이나 상점가 사람들을 하나하나 찾아가서 안내했지.

"이번에 가마타 선생님 강연회를 열어요."

입장료는 책값을 포함해서 1,500엔. 기오이야 서점과 같은 수준으로 해 달라는 얘기가 있었거든. 책값이 800엔 정도니까 우리 가게 입장으로는 좀 죄송한 가격이었는데 도리어 감사를 받았어.

"잘됐네. 이런 기회를 만들어 줘서 고마워요."

눈물을 글썽이며 말하는 손님도 있었어. 신문 광고를 내기 전날 100명을 전부 채울 수 있었지. '해냈다!' 싶었어.

그리고 신문 광고가 나온 날 저녁, 출판사에서 전화가 걸려 왔어.

"고바야시 씨, 신문 광고를 보고 17명이 신청했어요."

아, 참. 100명 채운 것을 기뻐하다가 출판사에게 만석이라고 알리는 걸 깜박했지 뭐야.

"자리가 이미 찼으니까 이 이상 받지 말아 주세요."라고 말했어. 하지만 기오이야 서점은 아직 100명을 채우려면 멀었고, 계약상 앞으로 두 번 더 광고를 낸다고 하더라고. 자, 그럼 어떻게 하나. 결국 고바야시 서점만 '매진'이라고 덧붙이기로 했어.

어때? 멋지지 않아? 천하의 기오이야 서점이 아직 100명을 못 모았는데 10평도 안 되는 이렇게 작은 책방이 매진이라니, 멋지지. 뭐, 기오이야는 신경도 쓰지 않겠지만. 결국 오고 싶다는 사람이 또 생겨서 100명이 정원인 방에서 150명이 들어갈 수 있는 방으로 옮겼어.

그리고 강연 일을 맞이했어. 우산은 딸이 다이한 직원분의 도움을 받아 팔기로 했어. 남편과 딸만 보내자니 좀 걱정스러웠거든. 그런데 나카가와 씨가 이렇게 말했어.

"우리도 강연을 들으러 갈 생각이었는데 거기는 시이나 부장님에게 맡기고, 젊은 직원들 몇몇이 우산 판매를 돕기로 했습니다."

강연회는 점심부터니까 아침 6시에 남편과 함께 시민 축제 회장에 가서 프리마켓이 설 장소에 우산을 진열했어. 10시에는 다른 사람들에게 넘겨준 다음 옷을 갈아입고 가마타 선생님의 강연회장으로 향했지. 청중이 모두 내 지인들이었으니 화기애애한 분위기였어. 가마타 선생님도 그걸 느끼셨나 봐.

"이제까지 강연회라 하면 대형 서점이 주최하는 곳만 다녔습니다. 하지만 사실은 이렇게 동네 책방과도 함께 해 보고 싶었다는 것을 깨달았어요."

가마타 선생님도 기쁘고, 청중도 기쁘고, 물론 나도 기쁘니까 더할 나위 없는 강연이었지.

강연이 끝나고 가마타 선생님은 바로 다른 장소로 이동해야 해서 급히 출구로 향하셨어. 그때 내가 "작은 성의입니다." 하고 사례를 건넸지. 일반적으로는 강연비로 큰 돈을 드려야 하니까 미리 출판사에 문의했더니, "그런 걸 받을 생각은 없으실 테니까 마음만으로 충분할 거예요." 라는 말이 돌아왔거든. 하지만 장소비도 출판사가 부담했잖아. 입장료 1,500엔에서 책값을 뺀 금액을 전부 넣었어.

가마타 선생님은 이런 걸 받을 수 없는데, 라는 표정을 짓고 계셨지만 호텔 출구에서 서둘러 이동하던 때였으니까 일단 받으셨어. 강연회가 끝나니 이번에는 우산 장사가 마음에 걸려서 프리마켓으로 허둥지둥 달려갔지.

모두 노력해 준 덕분에 잘 팔렸어. 물론 내가 판 것에 비하면 수익은 적었지만 말이야. 하지만 그런 것 이상으로 즐거운 추억이 생겼어. 가게에 돌아와서 모두에게 감사의 인사를 했더니 다이한 직원분들이 "축하합니다!" 하면서 꽃다발을 주더라고. 도움을 받은 것은 나인데 "고바야시 씨, 정말 잘 끝났어요."라고 축하해 주는 거야. 정말 다들 마음이 따뜻하더라. 이렇게 폭풍 같던 하루가 끝났어. 어쨌든 대성공을 거두었으니 정말 다행이었지.

그런데 다음 날, 출판사 직원이 와서 가마타 선생님이 맡겼다며 봉투를 내미는 거야. 왜 돌려주냐고 물어보니까 이런 대답이 돌아왔어.

"본인이 먼저 강연회를 열고 싶다고 말해 놓고 이런 걸 받을 수 없다며 봉투를 돌려 드리고 오라고 하셨습니다."

출판사 직원도 "그렇다고 봉투를 그냥 놓고 가시면 고바야시 씨한테 저희가 혼납니다."라며 거절했다고 하지만, 가마타 선생님은 받을 수 없다며 맡기고 돌아가셨대. 내가 다시 돌려보낼 수도 없으니까 감사히 받기로 했지.

그렇다고 그 돈을 내가 갖는 건 옳지 않은 것 같았어.

그때 JIM-NET에 기부하면 좋겠다는 생각이 떠올랐지. JIM-NET은 걸프전쟁 때문에 암이나 백혈병 환자가 급증한 이라크에서 의료 지원 활동을 하는 단체인데 가마타 선생님이 대표로 일하고 계셨거든. 그곳이 좋겠다 싶어서 사례로 건넸던 돈의 전액을 기부했어.

기오이야 서점 우메다 본점에서 진행하는 강연은 우리 강연 1주일 후에 열렸어. 나는 그것도 들으러 갔지. 1,500엔도 제대로 지불하고.

강연 후 사인회에 줄을 서서 가마타 선생님을 만났어. 선생님은 "왜 여기 있어요?" 하고 놀랐지만 "오늘은 느긋하게 들으러 왔어요." 하고 대답했지.

"일전에는 인사도 제대로 못 하고 가서 미안했어요."

"선생님, 사례금을 돌려주셔서 감사합니다."

"그걸 받을 수는 없지."

"저도 받을 수 없어서 JIM-NET에 모두 기부했습니다."

"오. 그것 참 멋진 일을 했네요."

선생님이 그렇게 말씀해 주시니까 나도 왜인지 기뻐져서 정말 잘됐다고 생각했어.

이야기를 마친 유미코 씨는 정말 기쁜 듯 웃었다.

"가마타 선생님, 멋지시지?"

"네. 그리고 유미코 씨도 멋지고요."

"그렇지? 내가 생각해도 그때 난 멋있었어."

이렇게 거리낌 없이 자랑하는 유미코 씨는 귀여웠다.

"좋은 추억인가 봐요."

내가 말하자 유미코 씨는 조금 쑥스러워했다.

"맞아. 좋은 추억이니까 조금만 기회가 생기면 자꾸 말하고 싶어지네. 리카 씨가 생각하는 이벤트하고는 전혀 다를지도 모르지만."

"아니에요, 큰 힌트를 얻었어요."

"정말?"

"네. 그렇게 큰 이벤트는 열 수 없겠지만, 나중에 다른 사람에게 이렇게 이야기할 수 있는 멋진 이벤트를 만들고 싶어졌어요."

"그거 좋다. 나중에 리카 씨의 무용담도 들려줘. 기대하고 있을게."

고바야시 서점을 뒤로 하고, 나는 역 앞 카페에서 분에츠도 서점 이벤트를 위해 이런저런 생각들을 했다.

유미코 씨의 이벤트에는 왜 그렇게 많은 사람들이 몰린 걸까? 물론 가마타 선생님의 이야기를 들을 수 있다는 점은 큰 매력일 것이다.

하지만 그것이 다가 아니다. 실제로 고바야시 서점의 몇천 배, 아니 몇만 배 이상으로 이벤트 광고를 노출했을 기오이야 서점 우메다 본점보다 더 많은 사람이 모였으니까.

아마도 유미코 씨의 열의가 많은 사람들의 마음을 움직였을 것이다. 그렇다는 것은 내가 세울 기획도 뜨거운 마음을 제대로 담는 것이 중요하다는 말이 된다. 어떻게 하면 '뜨거운 마음'이 담긴 기획을 만들 수 있는가.

'백인문고 북페어'에서는 많은 사람들이 다른 이가 꼭 읽었으면 하는 책을 추천한다는 방법을 통해 매장에 뜨거움을 만들어 냈다. 그렇다면 이번 이벤트도 같은 식으로 생각하면 어떨까. '자신이 추천하는 책에 대해 아낌없이 이야기하는 자리'를 만드는 것이다.

그러고 보니 얼마 전 TV에서 애독가라는 개그맨이 서점을 무대로 자신의 추천 도서를 소개하는 방송을 본 적이 다. 거기에 나온 책 중 몇 권은 상당히 많이 팔렸다. 거의 재고가 없었던 책이 그 방송을 계기로 중쇄되어 가게에 진열되고, 베스트셀러가 된 예도 있을 정도였다.

왜 그렇게나 팔렸을까? 만약 그 개그맨이 자기가 쓴 책을 선전했다면 그렇게까지 큰 반향은 없었을 것이다. 아무 이해관계도 없이, 그저 자기가 재미있다고 생각한 책을 모두가 읽었으면 하는 바람으로 책을 추천했으니까 뜨거운 반응이 돌아온 것이다.

분에츠도 서점에 제안할 이벤트에서도 가능하면 추천하는 사람이 본인과 아무런 이해관계도 없는 책을 추천해 주는 것이 바람직하다. 그래서 소개할 책을 미리 서점에 진열하지 않는 편이 좋을지도 모른다. 추천 도서가 발표되면 그때부터 직원이 가게에서 책을 찾는 것이다. 잠시 그 장면을 상상해 봤다.

"딱 한 권 있습니다."

"자, 이 책을 살 사람 계십니까?"

"여기요!"

"세 명 계시니까 가위바위보로 결정하겠습니다."

이런 대화가 분명 이벤트에 열기를 불어넣을 것이다. 그 열기가 크면 클수록 책을 사고 싶은 마음이 생겨날 것이다.

이 아이디어를 분에츠도 서점에도 전했다.

"'책 추천 토크쇼'라. 재미있을 것 같은데?"

기획서를 보고 아르바이트생 마사미 씨가 흥미를 보였다. 말이 없던 야나기하라 점장님도 입을 열었다.

"책 추천 토크쇼라… 이미 전국적으로 여러 서점에서 발표자들이 책을 추천해 주는 이벤트인 비블리오 배틀을 하고 있잖아요. 이 이벤트는 비블리오 배틀과 어떤 차별점이 있을까요?"

사전에 나카가와 계장님에게 기획서를 보였더니 똑같은 질문을 했기 때문에 그에 대한 대답은 준비되어 있었다.

"비블리오 배틀은 일종의 게임입니다. 5분 안에 자신이 추천하는 책을 얼마나 재미있게 소개할 수 있는지를 겨루는 거죠. 예를 들어 저처럼 말을 잘 못하는 사람에게는 진입 장벽이 높아요. 하지만 '책 추천 토크쇼'에서는 말재주가 중요하지 않습니다. 그저 자기가 좋아하는 책을 밀면 돼요. 배틀은 없어요. '싸우지 않는 토크 이벤트'인 셈이에요."

"그렇군요. 하지만 그래서 흥이 날까요?"

여전히 확신이 없어 보이는 야나기하라 점장님의 말을

지우듯 마사미 씨가 지지를 보내왔다.

"괜찮아요, 점장님. 분명 재미있을 거예요. 저도 나가고 싶은데요?"

"꼭 나오세요. 서점에서 일하는 분이 반드시 나왔으면 하는 기획이에요."

그 지지에 얼른 답을 했다.

"오, 당첨!"

"하지만 추천 책의 재고가 없다면 매상으로는 이어지지 않는 것 아닐까요?"

"그게 재미있는 부분이잖아요!"

야나기하라 점장님의 걱정에 나와 마사미 씨가 동시에 똑같은 대답을 내놓는 바람에 그만 서로 얼굴을 보고 웃고 말았다.

"점장님, 괜찮다니까요. 제가 추천할 책은 가게에 재고를 확보해 둘 테니까요."

"두 사람이 그렇게까지 말한다면 어디 해 볼까요."

마사미 씨의 결정적인 한 마디에 야나기하라 점장님도 어쩔 수 없다는 듯 고개를 끄덕이며 말했다.

6

고바야시,
아마존을 이기다

새해가 밝고 1월 말이 되었다. 분에츠도 서점 도지마점에서 기념할 만한 '책 추천 토크쇼'가 열렸다. '백인문고'에도 참가했던 라디오 진행자와 마사미 씨가 소개한 오사카 거주 애독가 개그맨이 책 추천인으로 나와 주었다. 우리의 마사미 씨까지 합세해 추천인은 모두 세 명이다.

80명 정원인 장소가 만석이 될 정도로 이벤트는 상상 이상으로 뜨겁게 달아올랐다. 나는 추천인이 추천한 책을 가게 안에서 찾아오는 역할을 맡았다. 물론 자력으로 찾을 수 없으니까 그 코너의 담당 직원에게 묻는 수밖에 없지만. 이 작업은 나카가와 계장님도 도와주었다. 라디오 진행자가 추천한 책은 3,000엔이 넘는 전문 서적이었는데 기적처럼 서점에 딱 한 권 재고가 있었다. 내가 "딱 한 권 있습니다!"라고 이벤트장에 전달하자 마사미 씨가 놓치지 않고 말했다.

"이 책을 사실 분 계십니까?"

그러자 세 명의 손님이 손을 들었다.

"그럼 가위바위보 해 주세요."

마사미 씨의 말에 따라 세 명은 가위바위보를 했다. 내가 상상했던 것과 똑같은 장면이 눈앞에서 펼쳐지고 있는 것이다. 뭐라 말할 수 없이 가슴이 뭉클해졌다. 승부에서 이긴 사람이 기쁜 듯 그 책을 손에 들었다. 남은 두 사람은 대단히 아쉬운 것 같았다. 이런 장면을 서점에서 볼 수 있으리라고는 생각하지 못했다.

이렇게 '책 추천 토크쇼'는 무사히 막을 내렸다. 매상은 평범한 작가 이벤트의 두 배 이상이었다. 무엇보다도 참가한 사람들이 입을 모아 "재미있었다."라고 말해 줬다는 것이 제일 기뻤다. 마사미 씨는 이벤트가 끝난 후 흥분에 차서 내 손을 잡으며 말했다.

"서점 직원으로 살아온 인생 가운데 제일 재미있었어. 고마워."

학생 시절부터 계속 서점에서 일하며 마음 깊이 책을 사랑하는 마사미 씨가 그렇게 말하다니……. 나도 모르게 눈물이 날 것 같았다. 그것을 숨기기 위해 화장실로 뛰어갔다. 회사로 돌아오는 길에 나카가와 계장님이 혼잣말처럼 중얼거렸다.

"잘됐네. 모두 진짜 즐거워했어."

시이나 부장님도 살짝 보러 와서는 나카가와 계장님에게 "잘됐다."라는 한마디만 남기고 갔다고 한다. '책 추천 토크쇼'는 분에츠도 서점 도지마점에서 2개월에 한 번씩 정기적으로 열리게 되었다.

고바야시 서점의 유미코 씨에게 이벤트의 성공을 보고하러 갔더니 자기 일처럼 기뻐했다.

"잘됐다, 리카 씨. 그건 아마존을 이겼다는 의미야."

내가 잘 이해하지 못하자 유미코 씨가 이어서 말했다.

"그거야 그렇잖아. 아무리 아마존이 흥미를 자극하며 책을 추천해도 리카 씨가 한 것처럼 열기를 만들어 내진 못해. 그건 실제로 사람들이 모이는 이벤트라 만들어 낼 수 있는 열기거든."

'맞는 말이다.'

"그 3,000엔이 넘는 책도 꼭 거기서 살 필요 없이 아마존에 주문할 수도 있잖아. 하지만 그 자리만의 열기가 있었기 때문에 그 세 명의 손님은 꼭 그 자리에서 갖고 싶었던 거 아니겠어?"

'그런가.'

"즉, 리카 씨는 아마존을 이긴 거지."

"아니, 이기고 진 건 아닌데."

"나도 예전에 아마존을 이긴 적이 있거든. 이야기했나?"

"아니요, 아직 못 들었어요. 꼭 들려주세요."

장사란 뭐니 뭐니 해도 참고 계속하는 게 중요하지. 누구든 깍듯하게 접대하는 것. 만에 하나 불량품이 있다면 성실하게 대응하는 것. 거짓말은 하지 않는 것. 너무도 당연하게 들리겠지만 이런 일이 쌓인 후에야 비로소 손님의 신뢰를 얻을 수 있는 거야. 책을 팔 때도, 우산을 팔 때도 마찬가지지.

내가 우산을 팔던 장소 앞에 보험 대리점이 있었어. 여성 사원이 네댓 명 근무하고 있었지. 인사 정도는 자주 나눴어.

"안녕하세요.", "덥네요.", "춥네요."

나는 일요일에만 왔지만 그래도 점점 이야기하러 와주더라고. 딱 내 딸아이 또래에 모두 결혼도 했는데, 엄마한테 수다 떠는 느낌이었나 봐. 남편이나 자식 흉도 보면서 많은 이야기를 나누게 됐지. 그중 한 명과 유독 친해졌어. 영업 능력이 특출난 사람이었어.

그러던 어느 해 1월. 새해 처음으로 우산을 팔러 갔을 때야.

"새해 복 많이 받으세요." 하고 인사를 나눈 후 그녀
가 말했어.

"저요, 사장님한테 말했지 뭐예요. 책은 꼭 아마존에
서 사야 한다는 법이 있냐고요. 혹시 실수한 게 아닐까
싶어서요."

'응? 갑자기 무슨 소리지?' 싶었어.

자세히 들어 보니 그 여성 사원이 다니는 보험 대리점
사장님이 애독가라서 계약하는 손님이 있으면 좋아하는
책을 선물하는 모양이었어. 하지만 서점까지 가는 건 귀
찮으니까 아마존에서 구입했던 거지. 이제까지는 아무도
이상하게 생각하지 않았어.

왜 우리 서점에서 사라고 하지 않았냐고? 애초에 나
는 그곳에선 계속 '우산 가게 아줌마'였거든. 그런데 내가
연말에 방송을 탄 거야.

〈비밥! 하이힐〉이라는 간사이 지역 방송에 고바야시
서점 이야기가 방영됐어. 그래서 우산 가게 아줌마의 본
업이 책방 아줌마라는 것이 알려진 거지. 방송을 본 직원

의 머릿속에 내가 갑자기 떠올랐나 봐. 그래서 "사장님, 책은 꼭 아마존에서 사야 한다는 법이 있나요?"라고 말을 한 거야. 사장님은 "아니? 딱히 그런 법은 없지."라고 대답했대. 그 말을 듣고 이때다 싶어서 이렇게 말했대.

"그럼 우리 대리점 앞으로 우산 팔러 오는 아주머님이 책방을 하신다니까 거기서 사도 되지 않을까요? 매주 일요일에 오시니까 미리 부탁하면 가지고 오실 거예요. 급한 것도 아니고, 그런 법도 없는 거라면 우리는 그 아주머님의 책방에서 책을 사요."

이번에는 내가 놀랄 차례였어.

"세상에, 그렇게 말해 준 거야?"

"고바야시 씨한테 묻지도 않고 마음대로 말해 버렸어요. 괜찮으세요?"

"당연히 괜찮지. 고맙네, 정말."

그래서 보험 대리점에서 책을 주문받게 되었어. 와나미에서 나오는 1,800엔이나 하는 책을 열 권씩 살 때도 있었지. 감사한 일이었어.

그 직원 역시 책을 좋아하니까 좋은 책이 있으면 소개

177

해 달라는 말에 추천도 많이 했어. 그중에서도 『12가지 선물12の贈り物』을 굉장히 마음에 들어 했지. 사람에게는 신이 주신 12가지 선물이 있다는 이야기야. 사랑, 힘, 다정함. 이런 것을 하나하나 설명해 주는 그림책이지. 결혼한 사람, 아기가 태어난 사람, 취직한 사람에게 선물하기 딱 좋으니까 가게에서도 자주 추천하는 그림책인데, 그 직원도 감명받은 부분이 있었나 봐. 사장님한테도 추천해 준 덕분에 주문도 많이 받았어.

계속 아마존에서 책을 사던 사장님을 고바야시 서점 손님으로 바꾼 거지. "아마존을 이겼다."라고도 할 수 있지 않겠어? 굉장하지? 물론 아마존은 털끝만큼도 신경 안 쓰겠지만. 그래도 굉장히 기뻤어. 꾸준히 장사를 하면 이런 선물도 받게 되는 법이야.

마침 바로 얼마 후에 아마가사키 서점 조합의 신년회가 있었어. 모여서 한마디씩 하는 거지. 그런데 다들 불경기라는 이야기만 하는 거야. "정월인데 안 팔린다.", "연말에도 안 팔렸다." 정말 속이 답답했지. 그런 와중에 내가 "아마존을 이긴 이야기를 해 보겠습니다." 하고 이 에피소드를 짠 소개한 거야. 대단히 반응이 좋았지. 모두 입을 모아 "좋은 이야기야.", "우리도 힘 좀 내야지." 하고 말해 주더라.

이야기를 마친 후 유미코 씨는 '어때?'라고 말하듯 나를 보았다.

"아마존을 이기다니 정말 대단하세요."

"물론 이겼다느니 하는 건 농담이지만, 그럴 작정으로 일하지 않으면 재미없지."

"정말 그래요."

"그러니까 리카 씨도 앞으로 누구한테 '책 추천 토크쇼'를 설명할 때는 잊지 말고 '전 아마존을 이긴 적이 있어요.' 하고 당당하게 말해야 해."

"알겠습니다. 노력할게요."

그렇게 대답하면서도 나에게 그런 용기가 생기려면 적어도 10년은 걸릴 것 같다고 생각했다. 하지만 '책 추천 토크쇼'의 성공으로 이때부터 자신감 같은 것이 조금 싹을 내민 것도 사실이었다. 일은 바빴지만 매일 충만했다. 멍하게 보내는 시간은 적어졌고, 자투리 시간이 생기면 주로 책을 읽었다. 읽고 싶은 책이 늘었기 때문이다. '책 추천 토크쇼'를 열고 나면 소개된 책을 꼭 읽고 싶어진다. 요즘 화제가 되는 베스트셀러에도 눈도장을 찍고 싶었다.

오사카에 온 지 1년이 다 되어가는 무렵, 계절은 봄에 다가서고 있었다. 정월에는 오랜만에 도쿄에 다녀왔었는데 오사카로 빨리 돌아가고 싶다는 기분이 들었던 기억이 난다.

통근 시간에 조금씩 읽던 '백년문고 시리즈'는 이제 14권에 이르렀다. 14권은 『本(책)』이었다. 수록된 작품은 시마키 겐사쿠의 「연기」, 옥타브 위잔의 「시지스몽의 유산」, 사토 하루오의 「귀거래帰去来」.

모두 '책'을 편애하고 그 마력에 휘둘리는 사람들이 등장하는 이야기였다. 몇 개월 전이었다면 공감할 부분이 전혀 없었을 테지만 지금의 나는 아주 약간 알 것 같은 기분이 들었다. 아주, 아주 조금이었지만.

'독서회'라는 것에도 참가할 마음이 생겼다. 읽은 책에 대해 다른 사람과 이야기하고 싶어졌다. 다른 누군가가 추천하는 책에 대해서도 듣고 싶었다. 조용히 '이누무라 클럽'이라는 독서회에 참가했다. 인터넷으로 검색한 결과 초심자도 들어가기 쉽다는 정보를 얻었기 때문이었다.

첫 모임이 있었던 일요일 오전, 독서회 장소에 도착한 나는 깜짝 놀랐다. 분위기 좋은 카페 겸 레스토랑에는 상상

했던 것 이상으로 사람이 모여 있었다. 대략 100명쯤일까? 몇십 년째 '활자 기피 현상'이 우려되며 아무도 책을 읽지 않는다는 이 시대에 이렇게 많은 사람들이 일요일 오후에 굳이 3,000엔이라는 회비를 내면서 모여 있다니 믿을 수 없었다.

대부분 20대와 30대였다. 연배가 있는 사람은 가끔 보이는 정도다. 모두 말쑥한 차림에 상식 있는 사회인처럼 보였다. 애독가가 모이는 모임이니까 좀 더 어두운 인상의 사람들만 있을 거라고 생각했는데 편견인 모양이었다. 사람을 겉모습으로 판단해서는 안 되지만.

다섯 명이 한 테이블에 앉았다. 가슴에는 저마다 그 자리에서 불리고 싶은 닉네임을 쓴 명찰을 달았다. 나는 '카이즈카'라는 이름을 골랐다. 초등학교 사회 시간에 조몬 시대* 유적인 '오모리 카이즈카**'를 배웠을 때 남자애들이 "카이즈카", "카이즈카" 하고 놀렸던 것이 떠올랐던 것이다. 물론 내 성이 오모리였기 때문이다.

본명인 리카를 쓰면 얕잡아 볼 것 같아서 다소 딱딱한

---

* 일본의 선사 시대.
** 조몬 시대의 조개 무덤 유적. 오모리 패총이라고도 한다.

느낌을 주는 이름이 좋을 거라고 생각했다. 각 테이블마다 도우미가 한 명씩 배정되었다. 처음 참가하는 사람이 발언하기 쉬운 분위기를 조성하기 위해서다. 도우미의 진행에 따라 자기소개를 했다. 물론 다이한에 근무하고 있는 것은 비밀이었다.

그런 다음 최근에 읽은 책 중 재미있던 것을 순서대로 소개했다. 나는 『일본의 위험한 여자들日本のヤバイ女の子』이라는 책을 소개했다. 일본의 옛날이야기에 나오는 괴짜 여성들을 고찰하는 에세이집이다. 책에 등장하는 인물은 전래동화 『우라시마 타로』에 등장하는 용왕의 딸 오토히메, 『다케토리 이야기』에 나오는 가구야히메, 헤이안 시대 단편소설집 『쓰쓰미추나곤 모노가타리』에 등장하는 벌레를 좋아하는 귀족 아가씨 무시메즈루히메, 일본 창세 신화에 등장하는 여신 이자나미노미코토, 일본의 옛 괴담 『사라야시키』에 등장하는 원령 오키쿠 등등. 그녀들은 다양한 이유로 위험하다. 하지만 그녀들에게는 그 나름의 사정이 있었다는 것을 저자는 설명하고 있다. 그 문장이 절묘하게 재미있다.

나는 긴장한 채 이런 내용을 테이블에 앉아 있는 다른

사람들에게 이야기했다. 최선을 다해. 열심히. 모두 재미있을 것 같다고 말해서 정말 기뻤다. 책을 추천하고 이런 반응을 받은 경험은 처음이었다. '책 추천 토크쇼'에서 단상에 오른 사람들이 입을 모아 "재미있었다."라고 한 이유를 알 것 같았다. 이곳에 모인 사람들은 기본적으로 책을 좋아하고, 새로운 장르에도 흥미를 보이는 사람이 많았다. 아무도 다른 사람의 의견을 부정하지 않는다. 편안한 공간이었다.

그중에서도 '다케루'라는 명찰을 단 20대 중반으로 보이는 남자가 제일 흥미를 보였다. 『일본의 위험한 여자들』을 팔랑팔랑 넘기며 "정말 재미있어 보이는 책이네."라고 중얼거리더니 매우 진지한 얼굴로 나에게 질문했다.

"카이즈카 님도 위험한 여성에 속하나요?"

"아니요, 저는…… 위험한 여자를 동경하지만, 그렇게 되기는 힘들 것 같아요."

"동경은 하시는군요."

"네."

나도 그만 진지하게 대답했다. 그런 내 얼굴을 보고 그는 크게 웃었다. 주름을 잔뜩 만들며 웃는 모습을 보고 나는 왜인지 아련함을 느꼈다. 하지만 왜 그런 느낌이 드는지 떠올릴 수 없었다.

다케루가 소개한 책은 『아름다운 고분美しい古墳』이라는 책이었다. 이제까지는 정중한 말투를 쓰더니 고분 이야기를 시작하자 사투리가 섞이며 표정도 완전히 바뀌었다. 일단 뜨겁다. 책을 좋아하는 사람 모두가 좋아하는 분야를 이야기할 때 나오는 얼굴이었다. '책 추천 토크쇼' 때도 그랬는데 사람은 자기가 좋아하는 것에 대해 이야기하면 생생하고 매력적인 표정을 짓는다.

책의 부제목은 '시라스 원장 선생님의 세계 제일의 독설 수업'. 시라스 지로와 시라스 마사코의 손자인 저자가 고대사를 사랑하는 자유 기고가에게 전국에 있는 고분의 매력을 가르쳐 준다는 대담 형식의 책이다. 고분 산책 입문서로 딱 적절한 모양이었다. 나는 고분에는 1밀리도 흥미가 없었지만, 다케루의 이야기에 빠져들었다.

독서회가 끝나자 같은 회장에서 서서 음식을 먹으며 진행하는 가벼운 친목회가 이어졌다. 나는 큰마음을 먹고 다케루에게 말을 걸었다.

"고분에 흥미를 가지게 된 계기는 무엇인가요?"

그러자 다케루는 조금 생각한 다음 대답했다.

"왜일까요. 초등학교 교과서에 실려 있던 전방후원형 고분의 모양에 끌렸던 것 같아요."

'전방후원형 고분이라…아, 그 교과서에 실려 있던 열쇠 구멍 모양 고분!'

"카이즈카 님, 한번 상상해 보세요. 그 시대에 어떻게 그런 이상한 모양을 한 고분을 만들 수 있었을까요? 드론도 없으니 위에서 내려다볼 수도 없는데요. 그런데도 똑같은 모양 고분이 전국에 있어요. 북쪽으로는 이와테현에서 남쪽으로는 가고시마현까지. 아마 나라에서 생겨나서 전국으로 퍼진 걸 거예요. 엄청나지 않나요?"

'음, 엄청난가….'

"게다가 말이에요. 그렇게 전국에서 열병처럼 고분을 만들었는데 그 시대를 경계로 더 이상 안 만들게 됐죠. 흥미가 생기지 않아요?"

'1밀리 정도는 흥미가 생기는 것 같기도….'

"애초에 전방후원이라는 명칭도 의문이에요. 앞이 사각형이고, 뒤가 원이라니 이상하지 않아요? 어떻게 봐도 원이 앞 아닌가? 싶은 느낌."

'듣고 보니 그러네?'

"사실 저는 도쿄에서 태어나서 도쿄에서 자랐어요. 1년 전에 오사카로 전근 온 거예요. 처음에는 솔직히 오사카가 좀 싫었어요. 친구도 없고, 대화에도 못 끼겠고. 그런데 어느 날, 문득 생각한 거예요. 오사카라고 하면 고분의 성지. 전국의 대형 고분 상위 3위까지 오사카가 독점하고 있죠. 10위 안에도 6개나 들어가 있어요. 그러니까 오사카에 있는 동안에는 가능한 한 고분을 많이 보러 다니자고. 초등학교 시절에 좋아했던 것이 생각나서. 그랬더니 점점 빠져들었고, 그것과 비례해서 오사카도 점점 좋아지게 됐어요."

"사투리를 써서 이쪽 사람인 줄 알았어요."

"이건 가짜 사투리. 오사카에 있는 동안에는 사투리까지 구사할 수 있게 되자고 생각해서 열심히 떠들고 있는 거예요. 여기 토박이들한테는 금방 들통나요. 기분 나쁘니까 그만하라고 난리죠."

"그렇구나."

"그렇다는 것은 카이즈카 님도 여기 사람이 아니라는 뜻이네요?"

"네. 태어난 곳도, 자란 곳도 도쿄예요. 1년 전에 도쿄로 발령받아서."

187

"도쿄 어디요?"

"고마자와 공원 근처."

"와, 난 사쿠라신마치."

갑자기 다케루의 말투가 변했다.

"오, 가깝네요."

굉장한 우연이라는 생각에 나 역시 나도 모르게 목소리가 들뜰 것 같았지만 겨우 냉정함을 가장했다.

"고등학생 때 고마자와 공원으로 자주 농구하러 갔었는데."

"그랬구나."

"국도 246호선에서 고마자와 거리까지 가는 길에 있는 벚꽃을 참 좋아했어요."

"거기 정말 벚꽃 예쁘죠. 저도 도쿄에서 제일 좋아하는 곳이에요."

"저도. 사람 많은 메구로강보다 훨씬."

"우리 잘 맞는 것 같아요."라고 말할 뻔했지만 아슬아슬하게 다시 삼켰다.

잠시 침묵이 흐른 후 다케루가 말했다.

"하지만 올해는 오사카에서도 벚꽃이 예쁘게 피는 장소

를 찾아보려고요."

"그래요. 나도 찾아봐야겠다."

"아, 좋은 생각이 났어요."

"뭔데요?"

"오사카에서 추천할 만한 벚꽃 명소를 찾으면 서로 알려 주기 안 할래요? 나도 좋은 장소를 발견하면 가르쳐 줄 테니까 카이즈카 님도 저에게 좋은 장소 알려 주세요."

"좋네요."

우리는 메신저 아이디를 교환했다.

"오모리 리카 씨구나. 아, 그래서 카이즈카군요. 오모리 카이즈카. 그럴싸한데?"

다케루의 이름은 후지사와 다케루였다.

"고분에 흥미가 좀 생겼어요?"

"으음, 흥미가 생겼다고 말하기는 좀 미묘해요."

"그건 그렇겠죠. 하지만 모처럼 오사카에 왔으니까 그동안 꼭 보는 게 좋을 거예요. 이런 거대 고분이 이만큼 모여 있는 곳은 오사카뿐이니까. 어쩌면 몇 년 후에는 세계유산이 될지도 몰라요."

"그렇게까지 말한다면 한번 가 볼까…."

"아, 그럼 제가 안내할게요. 가요!"

이 흐름에서 거절할 용기는 없었다. 그리고 다케루에 대해 좀 더 알고 싶은 마음도 있었다. 다케루는 우선은 세계에서 가장 큰 고분부터 봐야 한다고 주장했다. 그래서 가기로 한 곳은 '다이센 고분.' 남바역에서 전철을 타고 20분 정도 가면 있는 미쿠니가오카역 근처에 있는 곳이었다. 우리는 난카이 전철 남바역에서 만나서 같이 가기로 했다.

약속했던 일요일, 약속 장소에 도착하니 다케루가 벌써 기다리고 있었다. 내가 온 것을 알아차리고 이쪽을 보며 미소 지었다. 독서회에서 왜 그의 미소를 아련하다고 느꼈는지 그때 깨달았다. 초등학교 5학년 때 신경이 쓰였던 남자애의 웃는 얼굴과 조금 닮았던 것이다.

전철을 타고 이동하고 있는데 다케루가 갑자기 진지한 얼굴을 하고는 조심스럽게 말했다.

"카이즈카 님에게 사과할 게 있는데. 그 고분. 사실 보러 가도 별로 재미없거든."

'응? 무슨 소리지?'

나는 혼란에 빠진 표정으로 다케루를 쳐다봤다.

"아니, 나한테는 무지무지 재미있지. 고분 주변을 산책하기만 해도 상상력이 자극돼서 머릿속에 이런저런 이미지가 떠오르거든. 하지만 일반적으로 생각하면 전혀 재미있지 않아. 궁내청*이 관리하고 있어서 안으로 들어가지도 못하고, 해자 저편에 나무로 덮인 섬 같은 게 봉긋하게 보일 뿐이야. 아무리 걸어도 경치가 별로 변하지도 않아."

'아, 그렇구나. 그런데 왜 지금 이런 말을 하는 걸까?'

"보통 첫 데이트에 고분 같은 곳으로 부르진 않을 텐데."

'앗? 데이트였어?'

"하지만 카이즈카 님이라면 알아줄 것 같은 기분이 들었어. 어딜 봐도 별 재미없는 풍경이어도 머릿속에서 변환해서 재미있는 풍경으로 만들 수 있는 사람이라고 생각했어."

'방금 칭찬을 들은 건가?'

상당히 과대평가 받은 기분이 들었다.

"왜 그렇게 생각했어요?"

"카이즈카 님, 책을 엄청 많이 읽은 것 같고, 골라 온 책도 재미있었으니까. 이유는 잘 모르겠지만 그런 느낌이 들

었어."

1년 전에는 전혀 책을 읽지 않았던 나를 그렇게 생각하다니. 나는 화제를 바꾸기 위해 질문했다.

"이누무라 클럽은 왜 그렇게 사람이 많이 올까요?"

"모두 책에 대해 이야기할 상대가 없어서 아닐까? 학교나 회사에서는 이제 독서가 특이한 취미가 되었으니까."

'그런가.'

하지만 분명 맞는 말이었다. 출판유통회사에서 일하는 나로서는 복잡한 기분이 들었지만.

"카이즈카 님은 왜 참가한 거야?"

"사실…… 혹시 출판유통에 대해 알아요?"

"출판유통?"

책을 좋아하는 사람도 역시나 잘 몰랐다. 나는 간단히 책의 유통 시스템을 설명했다.

"그럼 시장 조사를 하기 위해 참가했다?"

"그런 건 아니고 단순히 독서회는 어떤 곳일까 흥미가 있어서."

"이누무라 클럽은 부동산 회사 사장님이 시작한 거야. 처음에는 3인 독서회였는데 지금은 회원이 몇천 명이나 있어. 오사카뿐 아니라 고베나 교토에서도 열리나 봐."

"대단하다."

"하지만 사실 이런 건 출판업계가 해야 하는 것 아니야? 그게 서점인지, 출판사인지, 출판유통회사인지 나는 잘 모르겠지만."

그 말 그대로였다. 독서가 특이한 취미가 되었다면 그런 특이한 사람들이 책에 대해 이야기할 장소를 제공하는 것은 출판업계의 역할이다. 이 얘기를 듣고 나도 다음에 분에츠도 서점에 독서회를 제안해야겠다고 다짐했다.

미쿠니가오카역에서 내린 우리는 역 바로 근처에 자리 잡은 다이센 고분 주위를 걸었다. 명실상부 세계에서 제일 큰 고분인 만큼 한 바퀴 도는 데 한 시간 반이 걸렸다. 다케루가 말한 대로 딱히 특별한 경치가 있는 것은 아니었다. 해자 저편에 숲으로 덮인 작은 산이 보이는 지루한 풍경이 이어질 뿐이었다. 고분 반대편에는 평범한 주택가가 있었다. 하지만 나에게 이 산책은 지금까지 인생에서 가장 즐거운 한 시간 반이었다.

아무리 이야기해도 화제가 끊이지 않았다. 어린 시절 이야기부터 오사카에 와서 가장 놀란 일, 최근 재미있게 읽은 책 이야기까지. 서로의 직업에 관한 이야기도 나누었다.

다케루의 직업이 카피라이터라는 것도 알게 됐다. 그가 말하길 적당히 큰 광고회사에서 일하고 있다고 했다. 그의 직장도 도지마에서 가까워서 분에츠도 서점 도지마점의 '백인문고' 때도 책을 몇 권 사 갔다고 한다. 내가 기획했던 '책 추천 토크쇼'에 대해 듣고는 "거기도 가고 싶었는데, 일 때문에 도저히 시간이 안 났어."라며 아쉬워했다. 그런 이야기 중간중간에 다케루는 고분에 관해 열렬히 이야기했다. 순식간에 한 시간 반이 지났다.

"미안. 고분 별로 재미없었지."

"확실히 재미없었지만 엄청 즐거웠어."

솔직히 대답했다.

"정말? 다행이다. 그럼 이제부터 좀 더 좋은 곳으로 데려갈게."

"좋은 곳?"

"우리가 얼마나 걸었나 알 수 있는 곳."

의미를 이해하지 못한 채 따라간 장소는 사카이 시청이었다. 일요일이지만 21층 전망 로비는 무료로 개방하고 있었다.

전망 로비에 서면 사카이의 풍경이 한눈에 내려다보였다. 눈앞에 봉긋한 녹색 산이 있었다. 다이센 고분이었다. 상상 이상으로 컸다. 저 주위를 한 바퀴 돌았다니.

"여기에 도쿄 타워가 있었다면 좀 더 위에서 볼 수 있었을 텐데. 그럼 열쇠 구멍 형태까지 제대로 보였을 거야."

아이처럼 아쉬워하는 다케루에게 나도 모르게 말꼬리를 잡았다.

"여기 있으면 도쿄 타워가 아니라 사카이 타워."

"아, 그러네."

다케루는 나를 보며 미소 지었다.

그 후 우리는 매주 일요일마다 만나게 되었다.

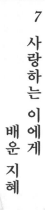

7
사랑하는 이에게 배운 지혜

몇 주가 지난 일요일 저녁, 벚꽃이 질 무렵이었다. 그날은 다케루와 함께 벚꽃을 보러 구락쿠엔에 갔다. 구락쿠엔은 근처의 아시야와 함께 간사이에서도 손꼽히는 고급 주택가였다. 슈쿠가와 강변은 벚꽃의 명소로 사람이 북적였지만, 구락쿠엔 주변까지 올라오면 사람이 없고 경치가 좋다고 들은 적이 있기 때문이었다.

벚꽃을 보며 걷다가 유미코 씨 이야기가 나왔다. 얘기를 듣더니 다케루가 만나 보고 싶다고 했다. 마침 우리가 있는 곳도 유미코 씨가 매주 일요일에 우산을 파는 장소인 고베

선샤인워프와 멀지 않은 거리에 있었다. 나 역시 유미코 씨가 우산을 파는 현장에 가 본 적이 없어서 가 보기로 했다.

버스를 갈아타고 바로 바다 쪽으로 내려갔더니 의외로 가까웠다. 다케루를 소개하는 것은 쑥스러웠지만, 마침 좋은 기회라는 생각이 들었다. 현장에 갔더니 유미코 씨는 가게를 정리하던 참이었다.

"어? 무슨 일이야?"

유미코 씨는 우리를 보고 놀란 표정을 지었다. 나는 벚꽃을 보고 돌아오는 길임을 알리고 다케루를 소개했다.

"처음 뵙겠습니다. 후지사와 다케루입니다. 리카가 늘 신세를 지고 있다고 들었습니다."

나는 다케루와의 첫 만남을 설명했다.

"오호라, 독서회에서. 책이 계기란 말이네. 그거 잘됐다. 그래서 리카 씨가 예뻐진 거구나. 이게 바로 '숨기려 해도 얼굴에 드러나네*'라는 거야."

"그럴 리가요."

나는 정색하고 반론했다.

---

* 헤이안 시대의 시인 다이라노 가네모리의 와카 '숨기려 해도 얼굴에 드러나네/내 연정은/고민이 있느냐고/누가 물을 지경이니'에서 따온 말.

"뭐 어때."

세 사람이 함께 가게 정리를 하고 있는데 유미코 씨의 휴대전화가 울렸다.

"애들 아빠, 아, 남편 말이야. 늦게 올 것 같다네. 정리가 끝나면 저쪽 가게에서 커피라도 마시며 이야기할까?"

유미코 씨는 나와 다케루에게 남편 마사히로 씨의 이야기를 들려주었다.

애들 아빠는 대기업 회사원을 그만두고 함께 가게를 경영하기로 했지. 리카 씨에게는 몇 번이나 이야기했지만.

남편에게 장사에 대해 배우는 게 많아. 이건 남편이 회사를 그만두고 얼마 지나지 않았을 때 얘기. 아직 부모님이 살아 계셨을 때야.

책 배달은 남편과 내가 분담해서 자전거로 다녔는데, 비가 와서 둘이 자동차를 타고 나갔을 때였어. 남편이 비닐봉지에 넣은 책을 우편함에 넣으려고 자기가 담당하는 집 앞에서 내렸지. 그런데 집을 향해 인사를 하더라고.

안에 누가 있나? 그러면 직접 건네면 될 텐데. 그런데 다음 집에서 또 인사를 해. 차로 돌아온 남편에게 "누가 있었어?" 하고 물었지. 그랬더니 남편이 말했어.

"세상에 책방은 많이 있잖아. 그중에서도 고바야시 서점을 골라서 책을 사 준 거지. 자연히 '감사합니다.' 하고 고개가 숙여지지 않겠어?"

얘기를 듣고 이 사람은 진짜 대단하구나, 하고 느꼈

지. 아직 회사를 그만둔 지 얼마 되지도 않았잖아. 나는 그때까지 배달할 때마다 자전거를 멈출까 말까 아슬아슬하게 우편함에 쏙 넣었거든.

또, 책을 배달한 집에 수금하러 가는 건 월말이었어. 그런데 남편은 절대 배달하는 김에 수금하지 않았어. 오전 중에 배달하고 일단 돌아왔다가 오후에 수금하러 갔지. 샤워하고 옷을 갈아입고서 가는 거야. "왜 굳이 그렇게 해?" 하고 물으니까 이렇게 대답했어.

"물론 책 대금이긴 하지만, 귀하디귀한 돈을 받는 거잖아. 배달하는 김에 왔다는 식으로 땀내 풍기면서 받으러 갈 순 없지. 물론 오늘같이 더운 날에는 또 금방 땀이 날 테지만, 그래도 일단 집에 돌아와서 샤워를 하고 옷을 갈아입은 다음 수금하러 왔다는 자세를 보이는 게 내가 생각하기엔 최소한의 예의야."

매번 이런 식인 거야. 솔직히 대단하다고 생각했어. 남편의 이런 올곧은 태도는 옛날부터 바뀌지 않았거든.

"세상에는 이렇게 많은 책방이 있잖아. 우리가 장사를 할 수 있는 건 고바야시 서점에서 책을 사 주는 손님이 있기 때문이야. 그러니까 몇 번이고, 몇 번이고, 몇 번이고 감사하다고 고개를 숙이며 계속 인사하는 거야. 아무리 감사해도 지나친 법이 없어."

매번 이렇게 말하곤 했어. 장사인의 기본자세는 부모님을 본받은 것도 물론 있지만 대부분 남편한테 배운 거야. 매우 고맙게 생각하지.

그러고 보니 이렇게 말한 적도 있어. 지난번에도 말했듯 출판사 기획물을 잘 팔아서 도쿄로 초대받은 적도 많다고 했잖아. 그런 일을 처음 경험했을 때 일이야.

쇼가쿠칸 감사회였나? 1박으로 도쿄에 초대받았지. 내가 아직 서른 즈음이었나. 아이도 아직 어려서 엄마한테 맡기고 가기로 했어. 기쁘면서도 나는 가기 전부터 긴장했어. 사실은 도쿄도 처음이었고, 혼자서 숙박하는 여행도 처음이었어. 이런 나에게 남편이 말했지.

"당신은 도쿄에 가서 본 적도 없고 알지도 못하는 사람들에게 둘러싸이게 될 거야. 호텔에 묵는 것도 처음인데다, 올 때도 갈 때도 신칸센에 흔들려서 분명 아주 지친 채 돌아오겠지. 하지만 현관으로 들어올 때는 얼굴 가

득 미소를 지어야 해. '엄마, 고마워요! 정말 즐거웠어요!'
꼭 이렇게 말하면서 들어와. 기다리고 있는 사람도 힘들
었으니까. 어머님은 손자를 돌보고, 가게를 지키고, 식사
도 챙기시지. 그렇게 힘들게 고생하며 기다렸는데, 당신이
지친 얼굴로 피곤하다고 말하면서 들어오면 어떤 마음이
시겠어? '힘든 건 이쪽도 마찬가지야. 도쿄에 가서 피곤
할 것 같으면 안 가면 그만이지.' 이렇게 생각하실 거야.
그러니까 현관에서만큼은 피곤하다고 말하지 마. 방으
로 올라간 다음 피곤하다고 하면서 누우면 되니까."

정말, 정말 맞는 말이었어. 도쿄에서 돌아왔더니 엄마
가 현관에 나와 계셨어.

"고마워요. 아이들 때문에 고생하셨죠? 하지만 엄마
덕분에 너무 즐거웠어요."

남편이 시킨 대로 그렇게 말했어.

그러자 엄마가 "그거 잘했네. 내년에 또 갈 수 있게 힘
내자."라고 말씀해 주시는 거야.

아, 이런 거구나, 하고 깨달았지. 분명 내가 "피곤하
다."고 말하면서 집에 들어왔다면 엄마도 저렇게 말씀하

205

지 않으셨을 거야. 물론 도쿄에서 신나게 관광하며 즐거 웠던 것도 사실이지만.

도쿄에 가기 전에 남편이 해줬던 말이 또 있었어.

"그렇게 큰 이벤트를 열기 위해 출판사 사람들도 대단 히 신경 써서 준비했을 거야. 방을 같이 쓸 사람은 어떻 게 정해야 좋을까, 이래저래 배려했겠지. 그리고 그날 가 장 신경이 쓰이는 건 담당 서점 사람이 정말 즐기고 있는 가 하는 거 아니겠어? 무슨 불만은 없는지, 당신 담당자 도 분명 그럴 거야. 고바야시 씨, 즐기고 계시나? 혼자 덩 그러니 있는 거 아닐까? 그러니까 당신이 감사회에 가면 제일 먼저 할 일은 호텔 카운터에 가서 오늘 함께 방을 쓸 사람이 누군지 묻는 거야. 그런 다음 곧장 그 사람을 찾아가서 오늘 밤 같이 방을 쓸 고바야시입니다, 하면서 친분을 쌓는 거지. 모르는 사람만 있다면 그 사람과 사 이좋게, 즐겁게 이야기해. 그럼 출판사 담당자도 아, 고바 야시 씨가 즐거운 모양이네, 친구도 생겼나 보네, 잘됐다, 이렇게 생각할 거야. 담당자가 너무 마음 쓰지 않게 하는 것도 초대해 준 출판사에 대한 예의 아니겠어?"

이런 말을 할 수 있다니 대단하다고 생각하지 않아? 내 남편이지만 존경스러웠지. 본인은 출판사 이벤트 같은 데 한 번도 가 본 적 없으면서 말이야. 나는 이런 생각을 차마 해 보지 못했어. 남편이 그렇게 말하고 나서야 그럴 수도 있겠다고 생각하게 됐지. 남편이 말하지 않았다면 전혀 알아차리지 못했을 거야. 이렇게 배우는 부분이 참 많아. 실제로 같은 방을 쓰는 사람에게 인사하러 갔더니 아주 친하게 지낼 수 있었어.

그 후로 몇 번이나 도쿄에 초대받을 기회가 있었지만 남편이 처음에 한 말은 늘 잊지 않았지. 아마가사키에 돌아왔을 때는 집에서 기다리고 있던 가족들에게 "고마워, 덕분에 참 즐거웠어!"라고 말하기.

그러고 나선 자기 전에 남편한테 도쿄에서 있었던 일을 기관총처럼 다다다 이야기하지. 그러면 남편은 그래, 그래, 잘했네, 하면서 열심히 들어. 남편도 일 때문에 피곤할 텐데 밤중까지 들어 주는 거야. 친구들도 넌 좋은 남편을 만나서 참 행복하겠다고 하는데 정말 그렇게 생각해.

유미코 씨의 이야기가 끝나기를 기다렸다는 듯이 마사히로 씨가 나타났다.

우리는 그만 물러나기로 했다.

역까지 돌아가는 길에 다케루가 감명받은 듯 말했다.

"정말 대단하다."

"그렇지?"

"유미코 씨의 말솜씨도 훌륭하지만, 남자 입장에서 보면 남편분의 말 하나하나가 멋지더라. 쉽게 나올 수 있는 말이 아니야."

"그건 맞아."

"하지만 언젠가는 반드시 저렇게 말하고 싶다."

그렇게 말하는 다케루를 보고 나는 생각했다.

'언젠가는 언제일까. 그때 나는 그의 옆에 있을까?'

"'책팅: 서점에서 책으로 하는 소개팅'이라. 오모리 씨, 재미있는 생각을 했네."

분에츠도 서점 도지마점의 야나기하라 점장님은 내 기획서를 보고 바로 그렇게 말했다.

"책팅…… . 나도 나가 볼까."

아르바이트생 마사미 씨도 흥미를 보였다.

"책이라는 공통 화제가 있으면 대화도 자연히 활기를 띨 거예요."

나는 이누무라 클럽에서 겪었던 일을 이야기했다. 많은 사람들이 돈까지 내면서 책 이야기를 하기 위해 모인다는 것을. 그리고 책을 매개로 이야기를 나눈 사람들은 쉽게 친해진다는 것을. 실제로 이누무라 클럽에서는 많은 커플이 탄생했고, 20쌍 이상이 결혼에 골인했다는 것도. 물론 나와 다케루의 관계는 말하지 않았다.

"오오, 엄청나네. 하지만 왜 평범한 독서회로 기획하지 않았어?"

"그대로 따라해 봤자 이누무라 클럽의 아류가 될 뿐이니까요. 조금 변주를 주지 않으면 지는 느낌이잖아요."

"그건 그렇지."

마사미 씨가 동의했다.

"서점에서 책과 함께 하는 소개팅을 주선하는 이벤트를 연다고 하면 화제도 될 거고, 미디어에 노출되기도 쉬울 것 같았어요."

사실 이 '서점에서 책과 함께 하는 소개팅'이라는 아이디어는 다케루와 함께 생각한 것이었다. 내가 분에츠도 서점에 독서회를 제안할 예정이라고 했더니 "그럼 이누무라 클럽 재탕이잖아. 좀 변화를 줘야 할 텐데…." 하고 말했다. 그래서 둘이서 좀 더 새로운 아이디어를 짜낸 것이다.

"평범한 미팅은 외모에서 느끼는 첫인상이 다음 전개를 좌우하잖아요. 책팅에서는 책이 그런 역할을 합니다. 책 취향으로 상대를 고르고, 그런 다음 둘이서 이야기를 나누는 거예요."

"과연. 외모나 스펙이 아니라 책을 고르는 센스로 상대를 결정하는 거구나. 재미있을 것 같아. 근데 어떻게 진행할 생각이야?"

마사미 씨가 말했다.

"참가자 전원에게 애독서를 한 권씩 들고 오게 합니다. 남성과 여성으로 나누어서 테이블 위에 책을 올려 둔 다음, 예를 들면 남성이 먼저 여성의 책이 놓인 테이블에 가서 책 주인과 대화하고 싶다는 느낌을 주는 책을 한 권씩 고릅니다. 그런 후 그 상대와 15분간 대화합니다. 다음에는 남녀를 바꾸어서 같은 일을 반복합니다."

"확실히 재미있어 보이는데, 가게 입장에서는 무슨 이득

이 있을까?"

흥미롭게 듣고 있던 야나기하라 점장님이 물었다.

"야나기하라 점장님이 반드시 그렇게 물을 거라고 생각해서 그 부분도 고민해 왔어요. 15분의 대화 타임이 끝나면 책을 고른 사람은, 그 책 주인이 좋아할 만한 책을 가게 안에서 찾아서 구입한 후 선물하는 거예요."

"아하. 거기서 매상이 오르는 거로군."

"남녀를 바꾼 후에도 같은 상대를 고른다면 궁합이 엄청 잘 맞는다는 뜻이겠네?"

"운명의 붉은 실로 이어진 건지도 모르죠."

"아아, 그거 좋다."

마사미 씨가 진심을 담아 말했다.

"남녀 수가 맞지 않으면?"

"그런 경우에는 처음부터 남녀 혼성으로 팀을 가를 수도 있어요. 딱히 남자와 남자가, 여자와 여자가 책에 대해 말하면 안 된다는 법은 없으니까요. 젠더 프리로 가죠. 성별을 의식하지 않는 미팅도 화제성이 있을 것 같아요."

"그래서 마지막에는 어떻게 되는 건가요?"

"그건 참가자에게 맡깁니다. 연락처를 교환해도 되고요.

그 자리에서 끝낼 수도 있죠."

"분명 화제는 될 것 같아요. 오모리 씨는 이제 히트 메이커고, 한번 해 볼까."

야나기하라 점장님의 한마디로 '책팅: 서점에서 책으로 하는 소개팅' 기획은 분에츠도 서점 도지마점에서 실시하기로 결정되었다.

8

문을 닫게 된다면

書店

골든위크가 끝나고 오사카 생활은 2년째로 접어들었다. '책팅: 서점에서 책으로 하는 소개팅'은 다양한 미디어에 소개되었다. 행사장도 달아올랐고, 대성공을 거두었다. 책이라는 것은 단순히 혼자 즐기는 물건이 아니라 뛰어난 소통의 수단이기도 하다는 것을 새삼 실감했다. 좀 더 깊이 파고들면 사회를 바꿀 수 있는 비즈니스 모델이 탄생할지도 모르겠다. 그러고 보니 신입 오리엔테이션 때 동기인 미요카와가 했던 '책을 기점으로 한 소셜 비즈니스'라는 말이 떠올랐다. 미요카와는 어떻게 지내고 있을까? 다음에 한번 연락해 봐야겠다.

물론 즐거운 기획을 생각하는 것만이 영업의 전부는 아니었다. 화려하지 않은 업무도 많다. 애초에 출판유통회사의 역할은 출판사와 서점 사이를 연결해 주는 것이니까 기본적으로는 작은 점처럼 눈에 띄지 않는 존재다. 우리 영업 담당에게 요구되는 것은 무엇보다 일단 숫자다. 각 서점별로 매상 목표와 이익 목표가 있고, 그것을 어느 정도 달성했느냐가 평가의 기준이 된다.

업무 시작은 9시부터지만, 보통 30분 전에는 책상 앞에 앉는다. 먼저 할 일은 전일 포스 데이터를 확인하는 것이다. 잘 팔리는 책을 알기 위한 의미도 있고, 각 서점별 매상 상황을 보기 위한 의미도 있다. 예를 들어 어떤 서점의 문고 매상이 전년에 비해 크게 떨어졌다면 포스 데이터를 보며 왜 그런 일이 벌어졌는지 가설을 세운다. 신간이 나쁜가, 구간이 나쁜가. 신간의 판매 저조가 컸다면 문고 진열대 갱신이 느린 것인지도 모른다. 구간이 원인이라면 책장에 쌓여만 있는 재고가 많은 건지도 모른다. 그런 식으로 자기 나름의 가설을 세운 후에 실제로 서점에 가서 매대를 확인한다.

가설이 맞다는 확신이 든다면 "이렇게 개선하면 어떨까

요?" 하고 서점에 과감히 제안한다. 1년 차 때는 제안이 대부분 무시되었다. 입 밖에 내서 말하든 속으로 생각하든 그것은 그 서점 책임자의 성격에 따라 다르겠지만 '그 정도는 알고 있어.'라는 뜻일 테다. 하지만 요즘에는 동의하며 채택해 주는 일이 늘었다. 스스로는 크게 실감하지 못하지만 조금은 성장했을지도 모른다.

데이터를 보며 생각하는 동안에는 전화가 연결되지 않게 해 둔다. 왜냐하면 9시가 되어 보류를 해제하는 순간, 서점에서 정신없이 전화가 걸려 오기 때문이다. 서점과 출판 유통업체 사이의 연락은 아직도 아날로그식이다.

연락 내용은 다양하다. 아침에 택배 상자를 열었더니 잡지 모서리가 구겨져 있었다는 불만부터, 그리 급하지 않은 책 주문까지. 그에 하나하나 대응한다. 예를 들어 잡지 모서리가 구겨져 있었다는 불만이 있으면 잡지 센터에 전화를 걸어 예비가 있을 경우 서점으로 배송한다는 식이다.

서점이 문을 여는 10시경이 되면 가능한 밖으로 나가서 서점을 돌아보는 것이 권장된다. 영업이 사무실에 앉아 있어 봤자 돈을 벌 수 없다는 것이 오사카 지사의 전통적인 사고방식 같다. 자기 담당 서점이 아니어도 다이한이 맡게 될 새로운 서점이 문을 열면 모두 도우러 가기도 한다. 서점 스태프와 다이한 직원이 한 몸이 되어 책장을 완성해 가는 것이다. 완전히 육체노동이지만 팀을 이루어서 하나의 책장을 완성했다는 달성감은 컸다.

'백년문고'는 23권까지 읽었다. 23권의 제목은 『鍵(열쇠)』. 수록된 작품은 H. G. 웰스의 「벽문」, 아르투어 슈니츨러의 「어떤 이별」, 후고 폰 호프만슈탈의 「672번째 밤의 동화」였다.

모두 신비로운 분위기를 지닌 작품이었지만 나는 「벽문」에 끌렸다. 주인공은 어린 시절에 '새하얀 벽에 달린 녹색 문' 안으로 들어간 경험이 있다. 그의 기억에 그 안은 '환희에 넘치는 행복한 장소'였다. 인생의 분기점에서 그 문이 나타나 그를 유혹하지만 그는 현혹되지 않고 문에 들어가는 대신 자신의 인생을 산다. 고명한 정치가가 된 주인공의 앞에 또다시 그 '녹색 문'이 나타난다. 어떻게 할 것인가? 이런 스토리다.

입사해서 오사카에 발령된 것은 새로운 문이 열리며 그 안의 새로운 세계에 발을 들여놓은 것과 같은 일이었다. 발령이 결정되었을 때는 눈앞이 캄캄해졌다. 하지만 그 덕분에 고바야시 서점의 유미코 씨와 만날 수 있었다. 그리고 일에서 소중한 것을 배웠다. 물론 다이한 오사카 지사의 상사와 동료들, 분에츠도 서점 도지마점의 야나기하라 점장님과 마사미 씨, 담당하는 많은 서점과 만날 수 있던 것은 내 인생의 보물이다. 그리고 다케루와도 만날 수 있었다.

만약 그대로 도쿄 본사에 남았다면 어떻게 되었을까? 아마 그저 눈앞의 일을 단순 노동처럼 해치우며 일과 인생과 책의 즐거움을 아무것도 깨닫지 못한 채 사회인 2년 차를 맞이했을 것이다.

다케루와 만날 때마다 서점에서 어떤 기획이나 행사를 열면 재미있을지 꼭 이야기를 나눈다. 우리는 이것을 '작전 회의'라고 부른다. '작전 회의'에서 생겨난 기획을 분에츠도 서점 도지마점에 제안한다.

그 무렵에는 야나기하라 점장님도 내가 제안한 기획들을 듣고 나면 "오모리 씨의 제안이니까 일단 해 볼까?"라고 말하게 되었다. 전년 대비 매출 100퍼센트만 달성해도 감지덕지라는 서점업계에서 분에츠도 서점 도지마점은 작년부터 매상이 크게 올랐기 때문이다.

크게 히트를 친 기획 중에 '○○덕후 독서회'라는 것이 있었다. '○○'에는 지금 좋아하는 '작가', '아티스트', '장르' 등이 들어간다. 즉, 열광적인 팬들이 모이는 독서회다. 제1회는 '하루키 덕후 독서회'였다. 하루키 팬들이 모여 자기가 좋아하는 무라카미 하루키의 저작이나 등장인물에 대해 이야기했다. 이때는 모집 정원의 몇 배가 넘는 응모자가 모여서 굉장히 뜨거운 분위기였다. 작품 인기 순위 1위는 예상대로 『노르웨이의 숲』이었다. 좋아하는 등장인물 총선거에서는 『해변의 카프카』의 나카타 씨가 근소한 차로 『노르웨이의 숲』의 미도리를 눌렀다.

이 모습은 간사이 미디어에서 여러 번 소개되었다. 이런 이벤트에서 다뤄진 책을 위한 코너를 만드는 등 일회성으로 끝나지 않게 고민했다. 히트 기획이 이어진 덕분에 나는 출판업계지인 《신분카》의 1면을 크게 장식했다. 회사 안에서는 "오, 히트 메이커!"라고 불리는 일도 많아졌고 그때마다 "이제 그만하세요." 하고 황송해하기도 했지만, 사실은 그렇게 말하면서도 우쭐했던 것인지도 모르겠다.

어느 날, 점심을 먹고 돌아왔더니 계장님이 물었다.

"에비에에 있는 이시이 서점, 요즘 가 봤어?"

"아니요, 반년 정도 가지 않았습니다."

"그래."

나카가와 계장님은 잠깐 공백을 두고 말했다.

"가게를 접을 모양이야."

"정말이요?"

나는 바로 에비에로 향했다.

충격이었다. 물론 이시이 서점이 가게를 접는 것도 충격이었지만, 담당인 내가 그것을 몰랐다는 것, 분에츠도 서점을 위한 기획에 정신이 팔려 작은 동네서점은 신경 쓰지 못했던 것에 충격을 받았다. 이시이 서점에 도착하자 주인인 이시이 사장님이 내 얼굴을 보더니 정말 미안하다는 듯 사과했다.

"미안하네. 담당인 오모리 씨한테 처음 말을 했어야 했는데, 먼저 전화를 받아 준 사람이 나카가와 씨였어."

"저야말로 힘이 되어 드리지 못해 죄송합니다."

"몇십 년이나 아득바득해 왔지만, 이제 나이도 있고. 접을 때가 왔나 싶어서. 딱히 물려줄 사람도 없고 말이야."

그렇게 말한 후 이시이 씨는 쓸쓸한 듯 웃었다.

"참, 《신분카》 봤어. 혹시, 오모리 씨가 우리 가게를 물려

받으면 어때?"

나는 되돌려 드릴 말이 없었다.

역으로 돌아가는 길, 나는 자신을 계속 탓했다. 나는 그 길로 고바야시 서점에 갔다. 유미코 씨가 나를 보고 말했다.

"무슨 일이야? 얼굴이 창백하네."

나는 이시이 서점에서 있었던 일을 말했다.

"그렇구나."

유미코 씨는 그렇게만 말하고 잠시 침묵했다가 말을 이었다.

"가게를 접는 건 어쩔 수 없지. 장사란 게 그런 거야. 잘 풀릴 때도 있고, 안될 때도 있어. 그러니까 어쩔 수 없는 건 어쩔 수 없어."

그런 후 한 호흡을 두고 덧붙였다.

"하지만 우리 같은 작은 책방에게 출판유통회사의 존재는 특별하지. 그건 잊으면 안 돼. 그러고 보니 이 이야기를 아직 안 한 것 같네."

유미코 씨는 어느 서점의 에피소드를 천천히 이야기하기 시작했다.

벌써 몇 년도 지난 일이야.

아마가사키에서 60년간 영업해 온 작은 서점이 문을 닫게 되었어. 이로하니도 서점이라는 곳이었는데 80대 어머니랑 60대 아들 둘이서 해 오던 가게야.

어머니가 가게를 보고, 아들이 배달을 나갔지. 아들은 결혼했지만 부인이 가게 경영에 관여하지는 않았어. 어머니도 나이를 먹었고 한계를 느꼈나 봐. 그거야 어쩔 수 없지. 우리도 언제까지 가게를 할 수 있을지 알 수 없거든. 땅이나 재산이 없는 책방은 모두 비슷한 상황일 거야. 하지만 조금 화가 나는 일이 있었어.

이로하니도 서점이 문을 닫는다고 하는데 다이한의 높으신 분들은 아무도 인사하러 오지 않는 거야. 그야 담당자가 사무적인 절차 때문에 오긴 했지. 하지만 높으신 분들은 이 일을 알고나 있는지 의심스러웠어.

이로하니도가 문을 닫기 며칠 전이었던 토요일이야. 그때 다이한의 부장은 다기 씨라는 사람이었는데, 도쿄로 전근을 간다기에 서점 유지들이 모여서 송별회를 하기로 했지. 도지마 지하 센터에서 모였던가.

다기 씨가 한 사람 한 사람에게 인사를 했어. 내 앞으로도 '신세 많았습니다.' 하고 찾아왔지. 이럴 땐 "저야말로 감사합니다." 하고 밝게 웃으며 보내 주는 것이 상식이겠지. 하지만 나는 도저히 참을 수가 없었어. 한마디 해주지 않고서는 가슴의 응어리가 내려갈 것 같지 않았거든. 하고 싶은 말은 하기로 한 거야.

"다기 씨, 좀 들어 보세요. 월요일에 도쿄로 전근 가는 부장님에게 이런 자리에서 이런 말을 하는 것은 실례일지도 모르지만, 역시 해야겠어요. 다기 씨는 이렇게 매일 같이 송별회를 하고 계실 테지만, 누구 한 사람한테 '신세 많았습니다.', '감사합니다.'라는 말도 듣지 못하고 조용히 가게를 접는 책방도 있어요."

그랬더니 다기 씨는 갑자기 취기가 싹 가신 얼굴로 그 서점이 어디냐고 물었어.

'역시 모르는구나.' 싶었지. 어쩌면 한 번도 안 가 봤을지도 모르지. 전근 온 다기 씨는 오사카에 2년밖에 머물지 않았으니까, 그렇게 작은 책방은 몰라도 어쩔 수 없지. 어쩔 수 없지만 어쩐지 석연치 않았어. 그렇게 생각하니까 자연히 눈물이 났어.

"몰랐다니, 그런 경우가 어디 있습니까. 우리 작은 책방에게 출판유통회사는 어버이 같은 존재예요. 부모가 못 본 체하면 살아갈 수 없지요. 출판유통회사 덕분에 가게를 꾸려갈 수 있는 거라고요. 그런데 그런 가게가 있는 것도 모른다? 다이한의 높으신 분이 전근 다닐 때는 이렇게 많은 사람이 모여서 송별회니 환영회니 열어 주는데, 다이한만 바라보며 책방을 하던 사람이 가게를 접는다는데 다이한 부장님은 그런 가게가 있는 줄도 모른다니요. 60년이나 해 왔던 가게를 닫는다고 하는데 인사도 없다니요. '감사했습니다. 힘이 되어 드리지 못해서 죄송합니다.' 이런 말이라도 해 주셔야 되지 않을까요?"

다기 씨는 얼굴이 창백해져서 아무 말도 못 했어. 나는 눈물을 펑펑 흘리며, "미안해요. 이런 자리에서 할 말이 아니었는데."라고 몇 번이고 계속 사과했지.

사실 우리 아버지가 돌아가시기 전에 마지막으로 남

긴 말씀이 있어. 뭐였을 것 같아?

"다이한에 돈은 잘 보냈느냐?"

이거였어.

인생이 끝나가려 하는데 출판유통회사에 낼 돈을 신경 쓰고 있던 거야. 작은 책방에게 유통업체는 부모님 같은 존재야. 그런데 유통업체는 작은 책방 같은 건 자식이라고 생각 안 하지.

그런 장면을 목격하니까 감정이 북받친 것 같아. 그 송별회는 토요일이었는데 월요일 오전에 다기 씨가 메일을 보냈어.

이로하니도 서점에 조금 전에 인사드리고 왔습니다. 사실은 오사카에 문을 닫는 서점이 하나 더 있어서 이제 거기로 인사드리러 갔다가 신칸센을 타고 도쿄로 돌아갑니다. 정말 감사했습니다. 도쿄에 가도 고바야시 씨의 가르침은 평생 잊지 않겠습니다.

이렇게 쓰여 있었어. 역시 말하길 잘했다 싶었지. 그런 후에 이로하니도 서점 담당자한테도 전화가 왔어.

[조금 전에 이로하니도 서점에 갔더니 사장님께서 가게에서 허겁지겁 뛰어나오시며 부장님, 다이한의 부장님이 인사를 하러 왔다고, 이제 언제 가게를 접어도 괜찮다고 하셨습니다.]

그 말을 듣고 또 기뻤지. 분위기 파악 못 하고 쓴소리하길 잘했다고, 정말 그렇게 생각했어.

여기까지 말한 후 유미코 씨는 입을 다물었다.

한동안 침묵이 흘렀다.

"그런 거군요."

내 입에서 무의식중에 그런 말이 나왔다.

유미코 씨는 내 말에 뒤이어 말했다.

"그런 거야. 아주 작은 말로도 우리 작은 책방이 지금까지 해 왔던 고생에 보답해 줄 수 있어. 정말 그런 거야."

유미코 씨는 "그런 거야."라는 말을 몇 번이고 되새기듯 말했다.

"우리도 가게를 접어야 할 때가 오면 생각해 두고 있는 게 있어."

"그런 속상한 말씀 하지 마세요."

"아니야. 내 나이도 나이고, 이런 작은 가게는 곧 없어질 거야. 하지만 없어질 때 아무도 모르게 종이만 붙여서 알리는 건 싫어. 홍백막*도 내걸고, 일본 술도 궤짝으로 가져다 두고 대접할 거야. 이곳에서 70년이나 책방을 하게 해 주셨는데 오늘로 그만합니다. 자, 함께 마십시다."

---

* 경사스러운 날 사용하는 적색과 백색 줄무늬 천

"그런 것도 좋겠네요."

"그렇지?"

"아니에요, 역시 싫어요. 아직 더 힘내서 가게를 계속하셔야죠."

"걱정 안 해도 좀 더 힘낼 거야."

유미코 씨는 그렇게 말하고 조용히 미소 지었다.

나는 회사로 돌아가서 시이나 부장님께 이시이 서점에 인사를 다녀와 달라고 부탁했다. 며칠 후 나는 시이나 부장님, 나카가와 계장님과 함께 이시이 서점을 찾았다. 사장님은 매우 기뻐하셨다. 그래도 내 마음은 개운치 않았다.

'백년문고'는 27권 『店(가게)』에 이르렀다. 이시사카 요지로의 「부인화婦人靴」, 시이나 린조의 「황혼의 회상黄昏の回想」, 와다 요시에의 「설녀雪女」가 실려 있었다. 모두 가게를 무대로 일어나는 이야기다. 「부인화」는 구두 가게에서 기숙하며 일을 배우는 견습생 주인공이 잡지에서 펜팔을 모집해 어느 여성과 편지를 주고받는 관계가 되며 만들어 본 적 없는 하이힐을 선물한다는 이야기이다. 그리고……. 젊음이란 좋구나, 하고 생각했다. 나도 어느 정도는 젊지만.

9
마지막 이야기,
계속될 이야기

계절은 가을에서 겨울로 넘어가고 있었다. 어느 날, 오쿠야마 지사장님이 호출했다. 다소 긴장하며 방문을 두드리자 늘 그렇듯 역정 난 듯한 굵은 목소리가 돌아왔다. "실례합니다." 하면서 조심스럽게 문을 열고 안으로 들어갔다. 보이는 것은 역시 넓게 펼쳐진 스포츠 신문. 거기에서 얼굴을 내민 것은 오쿠야마 지사장님이었다. 변함없이 뚱하고, 거무스름하고, 엄청 무섭다. 하지만 오사카 지사에 온 첫날처럼 벌벌 떨지는 않았다. 왜냐하면 보기에는 무서워도 의외로 다정하고, 쑥스러움이 많으며, 귀여운 면도 있다는 것을 알기 때문이다.

"어이, 거기 앉게."

나는 응접세트 소파에 앉았다.

지사장님이 내 맞은편에 앉더니 말했다.

"오모리 씨는 입사한 지 얼마나 됐지?"

"1년 반 정도입니다."

"그런가. 시간 참 빠르군."

"네."

"이번에 도쿄 본사에 '신업태 서점 개발부'라는 부서가 생기는 모양이야."

신업태 서점 개발부? 단어는 들려도 의미가 귀에 들어오지 않았다.

"다이한이 완전히 다른 형태의 서점을 만들 예정이더군. 지금까지 없던 새로운 발상으로."

"네."

"무엇을 위해 만든다고 생각하나?"

"전국 서점의 모범이 되기 위해서?"

"잘 알고 있군그래."

'그런 점포를 우리 회사가 만들 수 있을까?' 나는 막연히 생각했다.

"그런데 그 부서의 담당 임원이 우리한테 연락을 했어. 왜인 것 같아?"

나는 고개를 갸웃했다. 전혀 상상할 수 없었다.

"오모리 씨를 달라는 거야."

무슨 의미인지 파악할 수 없었다. 그런 나에게 오쿠야마 지사장님이 조금 역정을 내며 말했다.

"그러니까 그 신업태 서점 개발부 직원으로서 자네가 가세하면 좋겠다는 의미지."

"제가요?"

"그래. 지명이야. 대대적인 발탁. 고시엔에도 나가지 못한 무명 학교의 후보 투수를 자이언트가 드래프트 1위로 지명한 것 같은 거지."

이 비유는 잘 이해할 수 없었지만 나는 소박한 질문을 던졌다.

"왜 저를요?"

"그건 본사 가서 물어봐."

"하지만."

"도쿄에 어지간히 인재가 없는 것 아니겠나?"

"그런가요?"

"이 사람아, 농담이지. 그야 오모리 씨가 분에츠도 서점에서 참신한 기획을 계속 성공시켰기 때문이야. 순수하게 그 기획력이 탐나는 것 아니겠어."

나는 아무 말도 하지 못했다.

"물론 오사카 지사장으로서는 이제 겨우 신입 티를 벗어난 직원을 도쿄로 보내고 싶진 않아. 그렇지만, 오모리 씨를 꼭 좀 보내 달라고 통사정을 하니까. 회사를 위해서도, 오모리 씨를 위해서도 이번에는 눈물을 머금을 수밖에 없겠군."

내 이야기 같지 않았다.

"축하하네. 도쿄 전근이야. 기쁘겠군?"

'지금 내가 기쁜 걸까?' 나는 잘 알 수 없었다.

"그건 이미 결정 난 건가요?"

"1월 1일부야."

"그 말은……."

"연말까지는 여기서 인수인계를 하고, 새해부터 도쿄로 출근하게 되는 거지."

지사장님의 방을 나오고 나서도 실감이 나지 않았다. 신입사원 시절이었다면 대환영이었을 것이다. 다 두고서 도

코로 돌아가고 싶었으니까. 하지만 이때 나는 이 소식이 마냥 반갑지만은 않았다.

'지금의 나는 도쿄에 돌아가고 싶은 걸까? 전근하면 유미코 씨하고도 자주 만날 수 없다. 물론 다케루와도. 원거리 연애가 성립할까? 게다가 다이한의 동료들과도, 분에츠도 서점 야나기하라 점장님과 마사미 씨하고도 만날 수 없다. 많고 많은 작은 책방 주인들하고도.'

머릿속이 엉망진창이 된 나는 일을 마치고 고바야시 서점으로 갔다. 유미코 씨의 얼굴을 보니 나도 모르게 무언가 치밀어 올랐다. 나는 그것이 넘치지 않도록 최선을 다해 참았다. 그런 나를 보고 유미코 씨는 놀란 표정으로 물었다.

"무슨 일이야?"

"유미코 씨. 저 도쿄로 전근 가나 봐요."

"가나 보다니, 그게 무슨 소리야? 남의 일처럼 말하네."

"도쿄 본사에 새로운 콘셉트의 서점을 만들 부서가 생겼는데 제가 필요하대요. 정말 제 일이 아닌 것 같아요."

거기까지 말하고 나니 둑이 무너진 것처럼 눈물이 쏟아져 나왔다. 유미코 씨는 내가 진정할 때까지 기다렸다가 차분히 말했다.

"좋은 일이잖아."

"좋은 일인가요?"

"리카 씨의 업무 능력을 인정받은 거잖아. 리카 씨를 도쿄로 부른 사람은 그걸 알아본 거야."

"하지만 저 혼자 해낸 건 아무것도 없는걸요. 누가 있어 주었기 때문에 가능했던 일밖에 없는데."

"그건 그렇지. 그걸 잊어서는 안 돼. 그래도 인정받았다는 사실에는 솔직히 기뻐해도 좋지 않을까?"

어쩌면 그럴지도 몰랐다.

"리카 씨가 전국 서점의 모범이 될 프로젝트에 발탁되다니, 나까지 다 기쁘네. 도쿄에서도 열심히 하는 거야."

"하지만 저……."

"맞다. 도둑이 들었던 이야기 해 줬나?"

유미코 씨가 갑자기 화제를 돌렸다.

"도둑이요?"

"몇 년 전이었더라. 도둑이 든 적이 있거든. 그때만큼 주변 사람들에게 감사했던 적이 없어."

유미코 씨는 그렇게 말하고 기쁘다는 듯 도둑맞은 이야기를 시작했다.

12월도 끝날 무렵이었지. 분명 27일이었을 거야. 우리는 가게 건물 3층에서 자거든. 2층에는 부엌이랑 목욕탕, 화장실이 있고. 그날 새벽 3시 무렵에 화장실에 다녀온 애들 아빠가 느낌이 이상하더라는 거야. 2층 부엌 찬장의 서랍이 모두 줄줄이 열려 있었대. 테이블 위에는 택배 주머니가 전부 난잡하게 뒤집어져 있었고.

"일어나 봐! 큰일 났어!"

그 소리에 나도 잠에서 깨서 2층으로 내려갔어.

부엌뿐 아니었어.

옆방을 보았더니 불단이며 옷장 서랍도 죄다 열려 있는 거야.

"도둑이다."

둘이 허둥지둥 가게로 내려가 보았지. 아니나 다를까. 가게 역시 서랍이란 서랍은 다 조금씩 열려 있었어. 살짝 열고서 돈 될 것이 있나 살펴본 거겠지.

2층에는 돈을 두지 않았지만, 운이 나쁘게도 1층에는

전날 수금한 돈이 있었어. 밤이 늦어서 은행에 갈 수 없었
거든. 정월도 가까워졌으니까 아이들의 세뱃돈이나 거스
름돈으로 쓸 백 엔짜리도 준비해 뒀지. 전부 70만 엔 정
도였는데 그게 다 없어진 거야. 나는 허리에서 힘이 쭉 빠
져서 그 자리에 주저앉고 말았어.

"어떡해, 어떡해…… . 내일이 대금 지불일인데…… ."

바로 다음 날이 다이한에 돈을 주는 날이었거든. 애들
아빠가 바로 신고해서 경찰도 왔어. 그런데 갑자기 은행
통장이 생각나는 거야. 가게에 통장도 놓아 두었거든.

"통장!"

나도 모르게 소리치며 찾으려고 하니까 형사가 재빠
르게 막았어.

"아주머니, 만지시면 안 됩니다. 현장 검증이 다 끝날
때까지 기다리세요."

그렇게 말해도 도무지 마음이 놓이지 않았지. 통장에
저금한 돈까지 모두 빼 갔으면 보통 큰일이 아니잖아. 그
래서 아침이 되길 기다렸다가 일단 통장 거래를 정지했어.
나중에 보니 통장은 그대로 있더라. 정월에 쓰려고 준비

한 도서상품권 15만 엔어치도 고스란히 남아 있었어. 아마 꼬리가 잡힐 것 같은 건 가지고 가지 않았나 봐.

하지만 현금은 1엔도 남기지 않고 사라져 버렸지. 큰일도 이런 큰일이 없었어. 당장 다음 날 다이한에 돈을 보내야 하는데. 해를 넘길 순 없었어. 동생에게 전화해서 사정을 설명했지.

"돈은 있는 대로 모아서 가져갈게."

전화를 받고 이렇게 말해 줬어. 하지만 동생이 그렇게나 많은 돈을 모을 순 없을 테지. 그때, 마침 다이한의 오쿠야마 지사장과 시이나 부장이 연말 인사를 하러 왔더라고. 사정을 말하긴 싫었지만 그렇다고 말을 안 할 수도 없었지. 그랬더니 모두 할 말을 잃고 책을 잔뜩 사 주더라.

"고바야시 씨, 우리가 할 수 있는 건 이 정도네요…." 하면서.

나는 정말 무슨 말을 해야 할지 몰랐어……. 그 후로도 다이한 사람들이 하나둘 나타나서는 책을 사서 돌아갔지. 아무래도 오쿠야마 지사장이 "절대 강요하는 건 아니니까."라면서 내 이야기를 했나 봐. 마침 그때, 고등학교 선배가 우연히도 전화를 걸었어. 마음이 약해졌는지 도둑 든 이야기를 하는데 눈물이 멈추지 않더라고.

"기운 내. 다치지 않은 게 어디야."

수화기 너머로 따뜻한 목소리가 울렸어. 그래, 그때 정말 따듯했어. 그날 나랑 통화했던 선배랑 동창 친구들이 차례차례 가게를 찾아왔어.

"도서상품권 1만 엔권 부탁해."

"도서상품권 3만 엔권 부탁해."

모두 나를 위해 물건을 사러 온 거야. 하지만 그 친구들한테 도서상품권이 무슨 쓸모가 있겠어.

그 마음은 기뻤지만 너무 면목이 없었지. 그래서 "다들 무리할 필요 없어."라고 했어. 그런데 이렇게 말하는 거야.

"도서상품권은 세뱃돈으로 줄 수도 있고, 가지고 있으면 언젠가 쓸 테니까 사 두려고 했어."

그럴 리가 있겠어? 그럴 리가 없는데도 그렇게 말해 주는 거야. 그 후로도 도서상품권을 사러 오는 사람이 끊이질 않아서 상품권은 품절되었지. 그랬더니 이렇게 말하면서 물건을 사는 사람도 있었어.

"책은 급한 거 아니니까 새해에도 괜찮아요. 일단 돈부터 놓고 갈게요."

이런 사람들 덕분에 다이한에 돈을 보내고 무사히 새해를 맞이할 수 있었어. 새해가 밝은 후에도 우리 가게에 도둑이 들었다는 이야기를 들은 사람들이 끝없이 찾아와서 대량 구매를 해 갔지. 고맙다는 말밖에 나오지 않았어. 도둑이 들었을 때는 눈앞이 깜깜해져서 죽는 편이 낫다고 생각했을 정도였는데, 주변 사람들 덕분에 따뜻한 정이라는 것을 알게 되었어.

그때 왜 유미코 씨가 그런 이야기를 했는지 이유는 알 수 없었다. 다만 나는 다치바나에서 오사카로 돌아오는 기차 안에서 도쿄 본사에 가기로 결심했다. 그해 연말에는 나도 따뜻한 정을 많이 느낄 수 있었다. 2년도 되지 않는 오사카 생활이었지만 살면서 이토록 감사함을 느낀 적은 없었다.

새해가 밝고 나는 도쿄에서 일하게 되었다. 부모님 집으로 돌아가는 대신 혼자서 생활하기로 했다. 오래된 서점이 많은 주오센 니시오기쿠보역 근처에서 방을 찾았다. 본사 신업태 개발부의 일은 재미있었다. 지금까지 없던 형태의 서점을 만들어서 전국 서점의 롤 모델이 된다는 목표 아래 7명의 프로젝트팀의 일원이 되어 기획을 진행했다. 내가 가장 어렸다. 매일같이 아이디어를 들고 가서 토론을 거듭했다. 매일이 작전 회의였다. 나에게는 꿈과 같은 환경이었다.

그리고 2년 반이 지났을 때 우리들이 만들어 낸 첫 번째 서점이 하라주쿠 외곽에 오픈했다. 하라주쿠역에서 기타산도와 센다가야 방면으로 조금 들어간 곳이다. 최근 오쿠하라주쿠라고 불리며 주목받는 지역이었다.

서점 이름은 '혼자 하라주쿠'. 컨셉은 '프로젝트 참가형 서점'이다. 이곳에서는 서점원과 손님이 하나가 되어 프로젝트에 참가하며 가게에 열기를 불어넣는 것이 규칙이다. 오사카에서 했던 경험에서 가장 크게 배운 것은 사람은 '열기'가 있는 장소에서 '즐거움'을 느낀다는 것이었다. 반대로 '열기'가 없는 곳에 사람은 모이지 않는다. '열기'를 만들어 내기 위해서는 흥을 돋을 필요가 있다. 물론 가게 스태프의 기분도 중요하지만, 손님의 '진심'이 그 위에 더해지면 가게는 더욱 뜨거워진다.

그래서 '혼자 하라주쿠'에서는 손님이 주체적으로 참가함으로써 '열기'를 만들어 낼 수 있는 장치를 이것저것 마련했다. 회비를 지불해 회원이 되면 객원 서점원 자격으로 다양한 활동에 참가할 수 있다. 서점 직원을 경험을 해 보고 싶은 사람이 의외로 많다는 점에 착안해서 실시했는데 예상을 웃도는 인원이 참가했다.

지금은 '북페어부', '이벤트부', 'POP부', 'SNS부', '오리지널 상품부' 등으로 나뉘어서 다양한 활동을 하고 있다. 원래라면 우리가 돈을 내고 부탁해야 할 일을 많은 사람들이 즐겁게 하는 것이다. 그중에는 디자이너나 일러스트레이터, 포토그래퍼 같은 크리에이터도 몇 명이나 있어서 POP이나 포스터는 물론이고 오리지널 상품 개발에도 협력해 주었다. 작품 발표의 장이 되기 때문에 그들에게도 메리트가 있었다.

실제로 어떤 일러스트레이터가 작업한 철학자 일러스트와 명언이 프린트된 티셔츠는 상당히 많이 팔렸다. 그것을 본 편집자가 책 일러스트 작업을 의뢰해서 그는 이제 상당히 유명해졌다.

한편으로 특이한 취미를 위한 커뮤니티의 장으로서 활용할 수 있는 방안도 생각했다. 그를 위해 소규모 모임을 열 수 있는 공간을 만들었다. 커뮤니티 안에 객원 서점원이 한 명이라도 있으면 이 공간을 자유롭게 쓸 수 있다.

분에츠도 서점 도지마점에서 했던 '덕후 독서회'를 통해 특이한 취미를 가진 사람들일수록 같은 취미를 가진 사람끼리 모일 수 있는 장소에 굶주려 있다는 것을 절실히 느꼈다. 서점은 그런 연결고리가 될 가능성이 크다. 왜냐하면 취미가 무엇이든 그에 관련된 책이 반드시 있기 때문이다. 모임이 열리는 날이면 관련 서적을 상당히 매니악한 것까지 입고해 둔다. 고맙게도 덕후라 불릴 만큼 어떤 것에 빠진 사람들은 그 장르에 관련된 책이나 상품을 사는 데는 돈을 아끼지 않았다. 자연히 매출이 증가했다.

서점은 온갖 특이한 취미에 빠져 있는 사람들과 아주 상성이 좋다. 그 밖에도 손님들을 프로젝트로 끌어들이는 다양한 시스템을 만들었다. '혼자 하라주쿠'는 여러 미디어에 크게 다루어졌고, 그 덕분에 손님도 많이 찾아왔다. 현재로서는 성공이라 할 수 있을 것이다. 여기에서 얻은 식견을 전국 서점으로 어떻게 확대해 갈 것인가, 이것이 우리 팀의 다음 과제다.

나는 매일 생각하고 있다. 그중 작은 동네서점에서도 해볼 수 있는 것은 무엇일까? 물론 우리 회사는 '유통업체'라고 불린다. 하지만 출판사와 서점 사이에서 책을 '유통'하면 끝이었던 시대는 이미 지나갔다. 오사카 지사 시절, 오쿠야마 지사장님은 조례에서 "이제부터는 '유통'만 하는 것이 아니라 '연결'해야 한다."라고 몇 번씩 말했다. 당시에는 마음에 와닿지 않았는데 요즘은 연결하는 것에 대해 생각하는 일이 많아졌다. 서점과 손님, 서점과 출판사, 그 외에도 연결할 것은 많이 남아 있는 것 같았다.

신칸센은 곧 신오사카역에 도착한다. 나는 조금 전 다 읽은 100권째 '백년문고 시리즈'를 꼭 쥐었다. 제목은 『朝(아침)』. 다야마 가타이의 「아침朝」, 이효석의 「메밀꽃 필 무렵」, 이토 에노스케의 「휘파람새鶯」 등 세 편 모두 새벽녘이 느껴지는 작품이었다. 도쿄로 이사 오고 나서는 읽는 속도가 더뎌져서 이날 드디어 마지막 권을 읽을 수 있었다. 하지만 전권을 다 읽다니 스스로도 대견했다.

신오사카역에서 내린 후 나는 크게 심호흡을 했다. 3년 만에 맡는 오사카 공기였다. 처음 왔을 때는 그렇게 무서웠던 곳이었는데 오랜만에 오니 그리움만 느껴졌다. 하지만 에스컬레이터에서는 나도 모르게 반대 방향인 왼쪽에 서고 말았다. 오사카에서 살았을 때는 마스터했는데 모조리 까먹었다. 습관이란 무섭다.

일반 열차로 갈아탄다. 여고생들이 떠드는 오사카 사투리가 신선했다. 오사카역을 지나쳤다. 오늘은 출장 온 것이 아니니까. 전철은 다치바나역에 도착했다. 개찰구를 나와서 부지런히 상점가로 향했다. 그렇다. 나는 오늘 고바야시 서점을 찾아온 것이다.

3년 만에 오는 다치바나 상점가는 그다지 변화가 느껴

지지 않았다. 그래도 고바야시 서점이 가까워지자 가슴이 두근거렸다. 유미코 씨에게 하고 싶은 말이 너무 많았다. 하지만 우선 가장 중요한 보고를 해야지. 다케루와 결혼한다는 것.

내가 도쿄로 이동하고 반년 후 다케루도 도쿄 본사로 돌아왔다. 계속 만남을 이어 오다가 지난달 결혼하기로 결정했다. 두 달 뒤에 작은 결혼 파티를 열 것이다. 그때 답례품으로 하객들에게 '백년문고 시리즈'를 한 권씩 선물할 예정이다. 그 책을 고바야시 서점에서 사고 싶다. 이 말을 마치면 오늘의 임무는 끝이었다.

이윽고 상점가 아케이드를 빠져나왔다.

계속 걸어간다.

가슴이 떨린다.

눈에 띄는 파란 차양이 보이기 시작했다.

"어서 오세요."

유미코 씨는 가게 앞에서 나를 기다리고 있었다. 지난 3년 동안 유미코 씨가 도쿄에 올 때 몇 번인가 만났지만, 그래도 마지막으로 본 것이 벌써 거의 1년 전이었다.

가게에 들어섰다. 그리웠던 향기가 났다.

나는 우선 오늘 내가 전해야 할 용건을 간략하게 말했다.

"어쩌면 그런 보고일지도 모른다고 생각했어."

유미코 씨는 매우 기뻐했다. '백년문고' 건도 입고할 수 있는지 출판사에 알아봐 주겠다고 답해 주었다. 이리하여 나는 임무를 완료했다.

그러자 유미코 씨가 기다렸다는 듯이 말했다.

"리카 씨와 만나지 않는 동안 나와 고바야시 서점에는 기쁜 일과 화가 나는 일이 모두 굉장히 많이 있었어. 좀 길어질지도 모르는데 들어 볼래?"

"그럼요."

그럴 줄 알고 오늘은 아마가사키에 호텔을 미리 잡아 놓았다. 유미코 씨의 길고 긴 이야기가 다시 시작되었다.

작가의
말

이 책은 효고현 아마가사키시 JR다치바나역 북쪽 상점가에서 조금 떨어진 곳에 실제로 있는 고바야시 서점과 그 주인인 고바야시 유미코 씨를 모델로 한 소설입니다. 주인공은 출판사와 서점을 잇는 출판유통회사의 신입사원. 그녀가 고바야시 씨를 만나면서 성장해 가는 이야기입니다.

유미코 씨와 남편인 마사히로 씨 이외의 등장인물 및 회사는 실재하는 인물, 회사, 단체 등과 무관합니다. 다만 고바야시 씨가 이야기를 들려주는 부분은 본인에게 직접 들은 에피소드를 기반으로 고유명사 등을 일부 변경했습니다(의사이자 작가인 가마타 미노루 선생님은 본인의 허락을 받아 실명으로 등장시켰습니다). 그런 의미에서 주인공의 성장 이야기(픽션)와 고바야시 씨의 에피소드(논픽션)가 합쳐진 '논픽션 노벨'이라고도 부를 수 있는 작품이 되었습니다.

고바야시 씨와 만난 것은 8년 전인 2012년입니다. 당시 저는 『서점에서 정말 있었던 마음 따뜻해지는 이야기本屋さんで本当にあった心温まる物語』라는 책을 쓰기 위해 전국의 여러 서점에 취재를 다니고 있었습니다.

어느 출판사 사장님의 소개로 시가현에 있는 서점 체인인 '혼노간코도本のがんこ堂'의 다나카 다케시 사장님의 이야기를 들었을 때 일입니다. "우리도 좋지만, 아마가사키에 있는 고바야시 서점에 가 봐요. 훨씬 좋은 이야기가 한두 개는 더 있을 테니까"라고 알려 주신 것이 계기였습니다.

아마가사키의 고바야시 서점, 처음 듣는 책방이었습니다. 바로 연락해 보았습니다. 마침 고바야시 씨가 도쿄에 올 예정이어서 용무를 끝내고 아마가사키로 돌아가기 직전에 도쿄역 근처에서 만날 수 있었습니다. 장소는 마루젠 서점 마루노우치 본점에 있는 엠앤시 카페로 기억합니다.

첫 대면이었지만 저는 곧바로 고바야시 유미코 세계에

빠져들었습니다. 저녁 무렵 한 시간 정도 이야기할 생각이었는데 눈 깜짝할 새 몇 시간이 지났습니다. 신칸센 막차 시간이 가까워졌다는 것을 깨달은 고바야시 씨가 서둘러 돌아가셨던 것을 기억합니다. 그 후 가게를 방문하고, 우산을 파는 곳도 찾아가면서 친밀히 교류를 이어가게 되었습니다.

하지만 그 무렵 고바야시 씨에게 들었던 다양한 이야기는 앞서 이야기한 책에 실을 수 없었습니다. 모든 이야기가 뜨겁고 진해서 몇 페이지씩 할당해 에피소드를 싣는 그 책의 분위기와 맞지 않는다고 느꼈기 때문입니다. 또 작가의 직감이라고 할까요? 언젠가 고바야시 서점의 에피소드만으로 책 한 권을 완성하게 될 거라는 마음도 있었습니다.

고바야시 씨가 들려주는 일에 관한 에피소드에는 서점을 넘어서, 모든 업종에 공통되는 '일의 기본'이라 할 만한 것이 담겨 있다고 느꼈기 때문입니다. 저조차 고바야시 씨의 이야기를 들으면 '좀 더 제대로 일을 해야겠다'는 마음에 등을 곧게 펴게 되었습니다. 일에서 중요한 것은 모두 배울 수 있다. 이 감각을 좀 더 많은 사람들이 느끼길 바랐습니다. 가능하면 책이라는 형태를 통해.

이런 마음에서 고바야시 서점을 주제로 한 소설 프로젝트가 시작되었습니다. 고바야시 씨에게도 허락을 받은 후 어떤 식으로 책을 만들 것인지 시행착오가 거듭되었습니다. 시간은 걸렸지만 결국 출판유통회사의 신입사원이 주인공인 이야기 속에서 고바야시 씨의 에피소드를 소개하는 모습을 그려낼 수 있었습니다.

사실은 여기에 소개한 것의 몇 배가 넘는 이야기를 들었습니다. 하지만 이야기의 흐름에 맞지 않아 쓰라린 마음으로 생략했습니다. 다른 에피소드나 그 후의 이야기가 궁금하다면 부디 직접 고바야시 씨 본인에게 이야기를 들어 보세요. 다만 이야기가 길어질 수 있으니 다음 일정은 잡지 않기를 권합니다.

이 책을 위해 고바야시 유미코 씨는 물론이고, 고바야시 씨와 관련 있는 몇 분의 관계자분들이 취재에 협력해 주셨습니다. 이곳에서 이름을 거론하지 않지만 진심으로 감사드립니다. 시나리오 작가 우치히라 미오 씨가 전직 유통업체 직원이라는 경력을 살려 플롯 작성에 협력해 주셨습니다. 이야기 중 등장하는 '백인문고'는 구마모토시의 '나가사키 서점'에서 100명이 각 한 권씩 총 백 권의 책을 추천하

는 행사인 '라 분코ラ・ブンコ'를 참고하였으며, '책 미팅'은 니가타현 시바타시의 헌책방 '이토혼'의 '책의 미팅本の合コ ン'을 참고하였습니다.

코로나바이러스의 영향으로 사람과 사람 사이의 물리적 거리가 어쩔 수 없이 멀어진 상황을 겪게 되었습니다. 고바 야시 씨의 에피소드와 메시지가 한 명이라도 더 많은 사람 에게 닿아서 위안이 되길 간절히 바랍니다.

가와카미 데쓰야

오늘도 고바야시 서점에 갑니다

초판 발행 | 2022년 8월 31일
1판 3쇄 | 2023년 1월 9일
펴낸곳 | 현익출판
발행인 | 현호영
지은이 | 가와카미 데쓰야
옮긴이 | 송지현
편 집 | 현다연
디자인 | 임림
주 소 | 서울시 마포구 백범로 35, 서강대학교 곤자가홀 1층
팩 스 | 070.8224.4322
이메일 | uxreviewkorea@gmail.com

ISBN 979-11-92143-45-3

SHIGOTO DE TAISETSUNAKOTO WA SUBETE AMAGASAKI NO
CHIISANAHONYA DE MANANDA